초판 1쇄 독자님께!

치가운 계절을 지나

봄의 따스함을 만끽하시길!

2026. 3

신용찬

나쁜 의도는 없었습니다

나쁜 의도는 없었습니다

초판 1쇄 발행 • 2026년 3월 27일

지은이 / 손원평
펴낸이 / 염종선
책임편집 / 이주원 박지영
조판 / 신혜원
펴낸곳 / (주)창비
등록 / 1986년 8월 5일 제85호
주소 / 10881 경기도 파주시 회동길 184
전화 / 031-955-3333
팩시밀리 / 영업 031-955-3399 · 편집 031-955-3400
홈페이지 / www.changbi.com
전자우편 / lit@changbi.com

ⓒ 손원평 2026
ISBN 978-89-364-3991-0 03810

나쁜 의도는 없었습니다

손원평
소설집

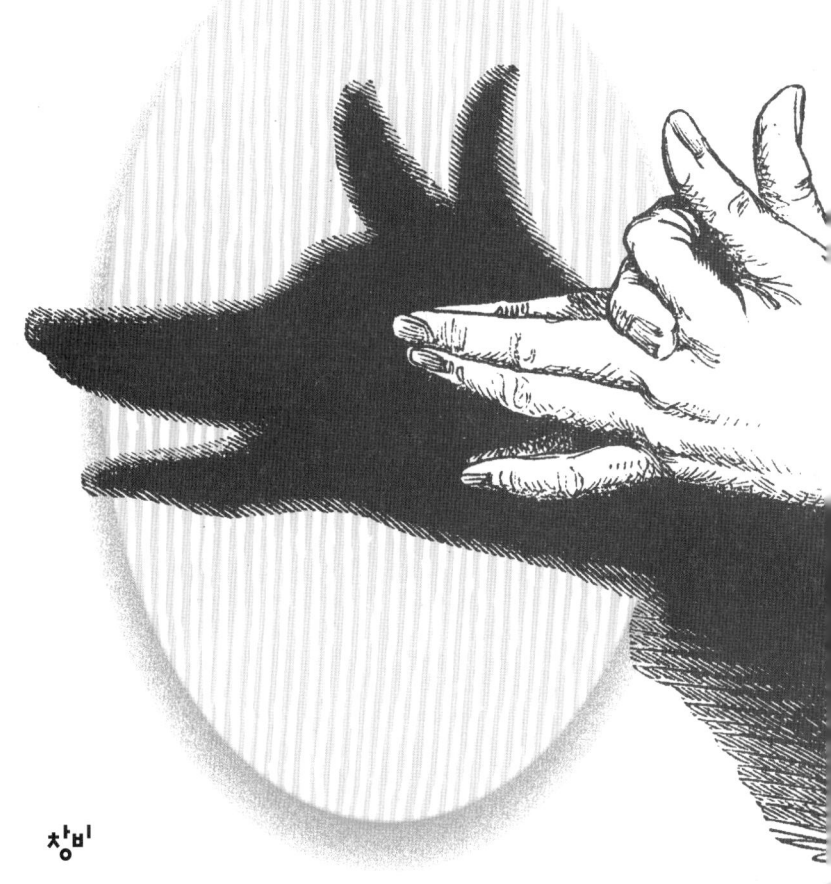

창비

차례

당신의 손끝   7

태양 아래 반짝이는   37

피아노   65

그 아이   95

익명의 마왕으로부터   105

유령의 집   111

모자이크   125

조망   155

통행증은 마스크   183

딸과 깍 사이   197

해설 | 선우은실   227

작가의 말   244

수록작품 발표지면   248

당신의 손끝

효원은 오늘도 그녀를 기다린다. 오후 3시, 어김없이 문이 열리고 주영이 빼꼼 고개를 들이민다. 주영은 2시 58분에서 3시 3분 사이에 도착한다. 오늘은 딱 정각에 도착했다.

"오셨어요?"

"안녕하세요."

화사한 표정으로 활기찬 인사를 나눈 뒤 주영이 외투를 벗자 주영에게서 늘 풍기는 특유의 바닐라 향이 작은 공간을 가득 메운다. 이젤에 효원이 미리 세팅해둔 스케치북을 앞에 두고 재빨리 앉은 주영은 지난 시간에 스케치한 튤립을 채색한다. 한 송이는 붉게 한 송이는 노랗게.

주영의 붓질에 효원은 조언을 주고 가끔은 옆에서 터치를 더하며 채색을 돕는다. 어느새 선명한 튤립 두 송이가 완성됐다.

"끝! 끝났어요!"

주영이 붓을 놓으며 미소 짓자 숨어 있던 잔주름들이 입과 턱 위로 또렷이 드러난다. 효원은 감탄하며 외친다.

"와, 회원님! 정말 많이 느셨어요! 아시죠? 이번 그림은 정말 제가 거의 손 안 댄 거. 역시, 열심히 하시니까 실력이 정말 빨리 늘고 계세요."

"하하, 고마워요. 얼른 다음 그림으로 넘어가고 싶어요."

"다음은 어떤 걸로 할까요. 생각해보셨어요?"

"글쎄, 이번엔 풍경화 같은 거 어때요? 비 오는 빠리, 이런 것도 가능해요?"

"완전 가능하죠, 회원님! 저희 사전에 불가능은 없습니다!"

효원의 말에 주영도 전부 선생님 덕분이라며 화사하게 웃는다. 통창으로 쏟아져 들어오는 햇빛이 두 여자의 웃음에 생기를 더한다. 창 너머로는 잘 관리된 정원이 펼쳐져 있어서 마치 액자 속의 그림을 보는 것 같다. 이 강의실과 맞닿은 다른 강의실들도 모두 통창 너머 정원을 감상할 수 있도록 설계됐다.

이곳은 세난동 고개 위에 위치한 프리미엄 컬처센터다.

모 대기업 산하의 기관으로 '프라이빗'과 '하이엔드'를 표방하는 센터의 주 고객은 물론 세난동 주민이다. 그래서인지 대부분의 강좌가 일대일로 짜여 있다. 강사로 채용됐을 때 효원은 기뻤지만, 한편으로 예상보다 훨씬 낮은 급여에 깜짝 놀라고 말았다. 책정된 수강료의 절반은커녕 3분의 1이 될까 말까 한 수준이었다.

"여기서 일한 경력 자체가 스펙이에요. 다시 생각해보셔도 됩니다."

수화기 너머의 목소리는 한치의 흔들림도 없었다. 효원은 바로 일을 하겠다고 말했다. 망설이고 고민하는 사이 누군가가 자신의 자리를 채 갈까 두려웠다. 그리고 첫 강의를 위해 센터에 들어선 순간 효원은 자신의 선택을 지지할 수 있었다. 하얗게 반짝이는 건물, 전면 통창에서 쏟아져 들어오는 햇살, 아낌없이 구비해둔 값비싼 재료들. 효원은 센터에 홀딱 반해버렸다. 주영도 마찬가지였다.

"언제 와도 해가 참 좋아요. 이 맛에 그림 그린다니까요."

"정말로요."

주영이 말하고 싱긋 웃자 효원이 맞장구를 친다. 나이 차가 꽤 나지만 두 사람의 대화는 거리낌없고 친밀하다. 하긴, 한번에 두시간씩 일주일에 네번을 단둘이 만나면서

친해지지 않을 수 있을까. 게다가 주영은 효원이 어렵게 얻은 자리를 폐강의 위기에서 구해준 은인이다.

처음 미술 강좌가 신설됐을 때 반응은 시원치 않았다. 신청자는 한명뿐이었고 효원은 폐강을 각오하라는 전언을 들었다. 하지만 다음 날 아침, 자포자기한 효원에게 당장 출근해야 한다는 전화가 걸려왔다. 씻을 시간도 없어 효원은 머리를 질끈 동여매고 부랴부랴 센터로 향했다. 간신히 화구를 펼치고 호흡을 골랐을 때 빼꼼 얼굴을 들이민 게 주영이었다.

"안녕하세요, 잘 부탁드립니다."

코트를 벗으며 말하는 주영에게서 진한 바닐라 향이 났다.

주영이 처음 그린 건 자화상 소묘였다. 초보자치고는 대담한 도전이었지만 효원은 이유를 묻지 않았다. 수년간의 강사 경험을 통해 효원은 스몰토크의 부작용과 무용함을 알고 있었다. 절대 먼저 말을 걸거나 질문을 하지 않는 게 효원의 영업 비법이기도 했다. 게다가 이 센터는 철저히 고객 위주의 정책을 펼치고 있어 중도 취소가 언제든 가능했고 환불도 아낌없이 처리했다. 회원이 변심해 수강 취소를 하면 뻥 뚫린 시간표 앞에서 당황하는 건 고스란히 강사의 몫이었다. 수업에만 집중하다보면 회원들은 절로 마음을 연다는 게 효원의 믿음이었다. 주영은 그 믿음을 배신하지 않았다. 개인적인 대화 없이 한달, 그러니까 네 타임 만에 첫 그림을 완성했을 때 효원은 주영의 눈에 고인 눈물을 봤다.

"해냈어요, 내가."

주영의 목소리가 떨렸다. 물론 효원의 손길이 많이 묻은 작품이었지만 효원은 깊게 고개를 끄덕이며 주영을 칭찬했다. 주영이 혼잣말하듯 말했다.

"이 시간에 이렇게 그림 그리는 게 너무 좋아요. 어렸을 때 그림 그리고 싶었거든요. 힘들어진다고 부모님이 못하게 했는데, 이 나이 되도록 그게 설움으로 남았나봐."

효원은 그림을 그린다는 게 영원히 취미로 남을 수 있다는 사실이 부러웠다. 미대를 나왔지만 솔직히 말해서 자랑할 만한 학벌은 아니었다. 강사 이력에 출신 대학을 밝힌 적은 한번도 없었다. 어릴 때부터 그림 그리는 걸 좋아했지만 미술을 전공하겠다고 마음먹은 건 고등학생이 되고 난 후였다. 예술을 전공한다는 게 한없이 비참해질 수 있는 지름길이라는 걸 그땐 몰랐다. 달리 말하면 알고

있었지만 자신만큼은 그 노선을 걷지 않을 거라는 확신이
있었다.

"좋아하는 건 못 이겨요. 이제 하나씩 그려나가시면
되죠!"

효원은 조용한 응원을 보냈다.

주영의 첫 그림이 완성된 다음 날은 새로운 달의 수강
신청이 시작되는 날이었다. 내심 한 작품을 마친 주영이
그만두지 않을까 걱정하며 데스크에서 보내준 수강생 명
단을 살피던 효원은 깜짝 놀라 입을 가려야 했다. 시간표
가 꽉 채워져 있었다. 월화수목, 오후 2시부터 4시까지. 여
덟시간의 주인공은 주영이었다. 그날 오후 주영에게 인사
를 건네는 효원의 목소리는 한층 더 높아져 있었다.

"회원님, 어떻게 된 거예요. 잘못 본 줄 알았잖아요."

웃음기 어린 효원의 말에 주영의 얼굴은 선생님을 짝
사랑하는 여중생처럼 발그레해졌다.

"너무 좋아서요. 선생님이랑 그림 그리는 게 정말 좋아
요. 딱 요 때가 시간도 비고, 앞으로 그냥 일상 속 루틴처
럼 쭉 하려구요."

효원은 차오르는 흥분을 가라앉히며 최대한 침착하게

말했다.

"좋아요. 회원님 개인전 여는 날까지, 가봅시다!"

그뒤 작은 기적이 일어났다. 주영이 꿰찬 시간표 덕에, 원래 그 자리를 차지하던 회원 몇이 다른 시간대로 옮겨 갔다. 사실상 주영의 독점 덕에 남은 자리도 얼마 없었고 추가로 몇명이 더 등록을 하자 효원의 강좌는 금세 마감 됐다. 강사 휴게실에서 효원은 다른 강사들의 질시 어린 농담을 들어야 했지만 조금도 불쾌하지 않았다.

효원은 이 행운이 언제까지 지속될지 불안해하는 대신 늘 해왔던 대로 최선을 다했다. 주영이 말을 꺼내기 전까 지는 입을 열지 않고 그저 성심성의껏 그녀를 가르쳤다. 먼저 마음을 연 건 주영이었다. 묵묵히 그림만 그리던 주 영은 조금씩 자신의 이야기를 풀어내기 시작했다.

주영은 센터에서 멀지 않은 곳에 사는 리빙 컨시어지 였다. 고객의 공간에 들어가 생활의 흐름을 살피고, 소품 의 배치와 밀도를 조율하거나 가구 스타일링을 컨설팅하 며 주거 공간의 품격을 높이는 일을 한다고 했다. 타고난 열정과 체력으로 수없이 세난동 고개를 넘으며 여러 집을 오갔지만, 어느 날 팔이 어깨 위로 올라가지 않는다는 걸 알았을 때 쉬어야 한다는 걸 깨달았다. 주영은 자신에게 갑자기 찾아온 휴식의 신호는 지금껏 앞만 바라보고 달린 것에 대한 경종임을 알게 됐다고 했다. 수영과 요가로 몸은 회복했지만 마음은 여전히 구멍 난 듯 허전했다.

"평생 나 하고 싶은 걸 한 적이 없어요. 남이 등 떠미는 대로 앞으로 달려가기 바빴지."

연필을 잡은 손의 움직임을 멈추지 않은 채 주영은 스스로를 그렇게 분석했다.

"근데 그림은요, 글쎄, 좋다는 말 말고는 표현하기가 어려워요. 분명히 손은 붓질을 하고 있는데 머릿속엔 몇십 년 전 미워했던 사람의 얼굴이 지나가. 설거지나 화장실 청소랑 비슷한 것 같아요. 왜, 막 몰두해서 솔질하면서 별생각 다 하잖아요. 그러다보면 화장실도 내 머릿속도 깨끗해져 있고."

효원은 그림과 화장실 청소를 동일시하는 대목에서 갸우뚱했지만 노련하게 고개를 끄덕이며 그렇죠,라고 대답했다.

"다른 게 하나 있긴 해. 화장실 청소는 끝내도 남는 게 없잖아요. 근데 그림은 이거 봐요, 그림이 남아. 내 거. 내가 만든 거. 그게 너무 소중하죠."

주영이 웃었다.

"난 여기 오는 시간이 제일 힐링이에요. 그 무엇과도 바꿀 수 없어. 나한테 이런 경험을 선물해줘서 고마워요, 선생님. 선생님 아니었으면 못 했을 거예요."

주영이 오는 시간은 해가 가장 긴 때였다. 계절의 미묘한 변화에 따라 바뀌는 풍경은 고즈넉한 아름다움을 선사했고 주로 모차르트 피아노 협주곡 혹은 베토벤 바이올린 소나타를 틀어놓은 채 주영과 효원은 창가를 향해 앉아 매주 꼬박 여덟시간을 만났다.

효원은 성실하게 포트폴리오를 늘려가는 주영이 대견했다. 주영은 효원으로 하여금 자신에게 그림을 가르치는 재능이 있으며 그 직무를 아주 잘 해내고 있다는 소중한 확신을 주었다. 그러나 주영의 성실함과 열정보다 더 놀랍고 대단한 건 남들은 일주일에 한번, 고작 한시간을 듣는 수업에 무려 여덟배의 돈을 투자할 수 있는 재력이었다.

주영의 일과에는 변수가 될 만한 게 별로 없었다. 자식들은 외국에 나가 있었고 유기농 사업을 한다는 남편과는 주말부부로 지냈다. 실무 관리자를 따로 두고 있었기 때문에 주영이 직접 현장을 오가는 시간은 주로 오후의 몇

시간으로 정해져 있었다. 각종 잡다한 일, 예컨대 병원이나 은행에 갈 일도 주영은 전부 아침 일찍 해치웠다. 주영은 단 한번도 결석을 하거나 곤란할 정도로 늦거나 무리한 요구를 하지 않았다. 수업을 시작한 지 넉달째 되던 날, 수강 신청이 활성화되자마자 이번에도 어김없이 주영이 여덟 자리의 강좌를 번개처럼 채 간 걸 확인한 효원은 그날 오후 백화점에 가서 텀블러를 샀다. 인스타그램에 계속 광고가 뜨던 명품 텀블러였다. 지갑이나 가방까지는 아니더라도 스테인리스강 재질에 로고가 은은히 박힌 텀블러는 작은 긍지를 줬다.

"예쁜 거 샀네요?"

주영이 즉각적으로 그걸 알아봤을 때 효원의 가슴엔 누가 휙, 줄을 그은 것처럼 부끄러운 감정이 빠르게 스쳐 지나갔다. 깊은 어딘가에 숨어 있던 생각을 스스로 인식하기도 전에 들켜버린 기분이었다. 실은 그 텀블러를 사준 건 주영이 아닐까, 하는 생각. 하지만 명품 로고가 커다랗게 박힌 핑크색 텀블러를 보자 산뜻한 마음이 드는 건 어쩔 수 없었다.

확실히 주영이 등장한 후 효원의 삶에는 윤기가 돌았다. 반짝이는 텀블러처럼, 어딘가 메말라 있던 효원의 일상에도 빛을 반사해낼 무언가가 생긴 것이다. 영롱하게 반짝이는 윤기 있는 것. 모두의 기분을 단번에 좋게 만들어버리는 것. 그것의 이름은 뭘까. 효원은 답을 알고 있었지만 일기장에조차 그 한 글자짜리 단어 대신 다른 말로 자신의 상태를 표현했다. 이를테면 웅크려 있던 삶이 기지개를 켜는 것 같다,라는 식으로.

효원은 어느새 월수입에 주영의 수강료를 전제하는 자신을 발견했다. 사고 싶은 물건이나 가고 싶은 여행지를 검색하고 그게 현실이 될지 따져보는 과정에서도 늘 주영이 더해주는 수입을 맨 첫줄에 적었다. 대부분 실천하지 못했지만 꿈을 꿔볼 수 있다는 것 자체가 기쁨이자 활력이었다.

어느 날 밤 효원은 잠자리에 누워 언제쯤에야 이 작고 낡은 자취방을 벗어나 좀더 취향에 맞는 소품들로 가득한 집에서 살 수 있을지를 상상하다가 갑자기 벌떡 몸을 일으켰다. 자취방이 문제가 아니었다. 효원은 풀리지 않던 문제의 정답지를 본 것처럼 스스로를 책망했다. 내가 왜 그 생각을 못 했지? 효원은 어둠 속에서 휴대폰을 켜고 정말로, 문자 그대로 계산기를 두드렸다. 잘하면, 조금 쥐어짜면, 가능할 것 같았다.

그때부터 효원은 조금 바빠지기 시작했다. 틈틈이 아이디어 노트에 계획을 적고 비슷한 궤적을 밟고 지나간 사람들의 자취를 인터넷에서 찾아 샅샅이 읽었다. 언제, 어디서, 어떻게. 이 세 가지 질문이 효원의 심장박동에 즐거운 리듬을 만들어냈다.

효원의 오랜 꿈은 자신만의 화실을 내는 거였다. 강사의 신분으로 이곳저곳 떠돌며 아르바이트 자리를 알아보는 생활 말고, 자신의 이름을 내건 미술 교실을 여는 것. 접어두었던, 거의 구겨버렸던 꿈이 두둥실 떠오르고 있었다. 효원은 잠재 고객 리스트를 바쁘게 써 내려갔다. 다른 학원에서 몇 년째 수강 중인 한 사람, 백화점 문화센터의 한 사람, 세난동 센터의 수강생 두 사람쯤은 구슬려볼 수 있을 것 같았다. 그리고 주영. 주영은 쉽지 않을 것 같았다. 주영은 세난동 센터를 좋아했다. 효원은 주영의 이름 위에 세모 표시를 했다.

효원은 세난동 센터를 포함해 세 군데에서 하는 아르바이트를 병행하며 화실을 꾸릴 장소를 알아보기 시작했다. 경제성만 따지면 효원의 집 근처로 터를 잡는 게 출퇴근도 편하고 세도 저렴했다. 하지만 효원은 고심 끝에 세난동 센터와 멀지 않은 곳에 자리를 마련하기로 했다. 그녀의 잠재 고객들이 전부 그쪽에 살고 있었기 때문이다. 감당하기엔 시세가 한참 높다는 걸 알고 난 후에도 효원은 생각을 바꾸지 않았다. 효원은 속으로 몇번이고 되뇌었다. 그녀의 새로운 보금자리가 어딘가 있을 터라고. 하지만 하루하루 지날수록 현실은 고개를 저으며 점점 더 또렷한 목소리로 말하는 것 같았다. 서울 한복판, 상권 좋은 곳에 그런 자리가 너를 위해 존재할 리 만무하다고.

포기하려던 효원에게 전화가 한통 걸려온 건 노트북 화면 가득 부동산 사이트를 켜놓고 꾸벅 잠든 어느 저녁이었다. 좋은 자리가 있다는 수화기 너머의 목소리에서 모종의 망설이는 낌새를 느꼈지만 다음 날 문자메시지에 찍힌 주소지로 찾아갔다. 세난동에 이런 데가 있었나 싶을 만큼 허름한 상가였다.

"건물이 오래되긴 했어요. 근데 강남도 가보면 순 이런 느낌인 거 알죠? 집은 삐까뻔쩍해도 다 이런 상가에서 애들 학원 보내고 밥 사 먹고 장 봐요. 여기도 거기랑 비슷하다고 보면 돼요."

효원은 급하게 앞서가는 부동산 실장을 따라 길고 꼬불거리는 복도를 걸었다. 맨 구석에 있는 세탁소는 간판조차 눈에 띄지 않았다. 들어가기에 앞서 실장이 친근한 표정으로 소곤거렸다.

"부부가 오랫동안 했던 덴데 부인이 죽었대. 할아버지 혼자 남아서 하다가 이번에 접는다고…… 급전이 필요했나봐요."

효원은 사람이 죽었다는 말을 이렇게 일상적인 미소와 함께 말할 수 있다는 점에 놀라면서도 아, 하고 고개를 끄덕였다. 실장이 마지막으로 비밀을 말해주듯 덧붙였다.

"사실 여기가 구석지기도 하고 구조가 좀 특이해서 그런지 내놓은 지 오래됐는데도 사람이 안 들었어요. 주인 할아버지가 세 들 사람을 얼마나 손꼽아 기다렸다구. 아가씨니까 이 가격에 들어올 수 있는 거야."

세탁소 안의 할아버지는 체구가 몹시 작았다. 당장이라도 바스러질 것처럼 작업대 한쪽을 움켜잡은 그는 가게 안을 둘러보는 효원을 쳐다보지도 않았다. 효원은 공간을 살피며 이곳을 어떻게 바꿀 수 있을지 머릿속으로 그려보았다. 잡동사니를 걷어내고 안정감을 주는 옅은 옐로로 벽을 칠한다. 이젤과 의자, 널찍한 책상, 색색의 연필과 화구들, 작은 화분 몇개, 취향이 담긴 액자와 소품들, 그리고 소중한 회원들과 함께할 시간이 그려졌다.

"계약할게요."

효원이 말했다. 한데 이 계약에는 좀 특이한 점이 있었다. 보증금이 없는 대신 꽤 높은 월세금을 다달이 할아버지가 아닌 제3자에게 입금해야 했다. 부동산 실장은 전날 전화로 풍긴 의뭉스러운 말투를 그대로 재현하며 상황을 설명했다. 중학교에 다니는 할아버지의 손자는 학교 야구부에 속해 있었다. 할아버지의 말에 따르면 실력이 출중한데 운이 없는 아이라고 했다. 사고로 장남 부부가 죽고 그애를 예뻐하던 할머니마저 세상을 뜨자 이제 그애를 돌볼 사람은 할아버지뿐이었다. 매달 들어가는 관리비와 훈련비를 제때 납입해야 선수생활을 지속할 수 있다는 학교 측의 말에 할아버지는 걱정 마시라고 호언장담했다. 하지만 다른 가족들은 그 사실을 못마땅해했다.

모두들 자신의 돈을 노린다고, 이 작은 세탁소 하나를 뜯어먹지 못해 난리라고 할아버지는 떨리는 목소리로 성토했다. 여하튼 할아버지는 계좌가 하나뿐이었고 그 계좌는 무슨 연유에서인지 해외에 나간 둘째 아들이 관리하고 있었다. 목돈이 통장에 찍히는 순간 그 돈은 둘째 아들의 수중에 들어갈 터였다. 구구절절한 이야기 끝에 달린 계약 조건은 간단했다. 보증금이 없는 대신 월세는 매달 꼬박꼬박 손자의 야구코치에게 이체할 것.

효원은 그 이상한 계약서에 사인을 했다. 시세보다 훨씬 높은 월세를 지불해야 했지만 목돈이 나가는 것보다 나았다. 게다가 그럴 생각은 추호도 없었지만, 잘 따지고 보면 효원 입장에서는 파기하면 그만인 밑질 것 없는 계약이었다. 그 마음을 읽기라도 한 듯 할아버지가 입을 달싹였다.

"중간에 마음 바꾸면 안 돼. 난 믿을 게 이거 하나야. 우리 손자놈한테는 아가씨 하나라고."

할아버지는 마치 효원이 손자의 정혼자가 되기라도 한 것처럼 본 적도 볼 일도 없는 손자와 효원을 엮으며 효원의 손을 부여잡았다. 그의 손은 몹시 거칠었지만 효원은 손을 빼는 대신 힘주어 그 손을 맞잡았다.

"그럼요, 그런 일 절대 없을 거예요. 걱정 마세요."

할아버지에게 믿음을 주고 싶었다. 적어도 자신은 누군가의 죽음이나 불행을 웃으며 말하는 사람이 아니라는 종류의 믿음 같은 것. 집으로 돌아가는 버스 안에서 효원은 할아버지와 맞잡았던 손의 냄새를 맡았다. 오래된 장롱 속에서 나던 나프탈렌 냄새 같은 게 났다.

효원은 개업 준비에 온 힘을 쏟았다. 욕심을 내서 좋은 화구를 사고 웬만한 물건도 중고로 들이는 대신 품을 팔아 좋은 가격에 새것으로 장만했다. 화실에 발길을 들일 사람들에게 좋은 인상을 주고 싶었다. 아르바이트와 세난동 센터 일에도 긴장을 늦추지 않았다. 그 때문에 식사는 엉망이었고 주영과의 수업이 시작되기 직전 허겁지겁 배를 채우는 일이 잦았다. 주영도 늘 점심을 먹고 왔다. 주영은 자신이 먹은 루콜라 샐러드와 통밀 치아바타, 새싹 보리밥과 직접 재배해서 만든 고구마 요리에 대해 이야기했지만 효원은 주영에게 자신이 먹은 것들, 크림빵, 바나나, 구운 달걀, 초코바, 그러니까 냄새를 풍기지 않고 3분 만에 먹어치울 수 있는 것들, 어느 편의점에 가도 살 수 있는 것들에 대해 결코 이야기하지 않았다.

화실을 오픈했다고 말했을 때 주영은 놀랍다는 듯 눈을 동그랗게 뜨고 진심으로 축하한다고 말했다. 그러곤 다음 시간에 눈이 쨍할 만큼 화사한 튤립을 고급 베이커리 쿠폰과 함께 선물했다.

자영업의 세계는 일의 연속이었다. 센터 수업과 겹치는 시간을 피해 수강생을 받아야 했으므로 효원은 홍보용 블로그와 인스타그램 계정을 운영하는 동시에 전단을 돌렸다. 직장인 몇명이 저녁 시간에 등록했으나 아직 자리를 잡으려면 턱없이 부족했다. 핵심은 센터 회원들을 자신의 화실로 데리고 오는 거였지만 몹시 조심스러운 일이었다. 효원은 대화의 맥락을 타고 회원들에게 가까운 곳에 개인 화실을 열었으니 언제든 놀러 오시라는 말을 조심스럽게 끼워 넣었다. 기존 회원님들에겐 더 저렴한 가격에 수강 등록을 해드린다는 호의성 멘트도 덧붙였다. 책정한 수강료보다 더 낮은 금액을 받는다 해도 센터에서 받는 강사료보다 훨씬 많았다. 초기 투자비용으로 여기고 해볼 만한 일이었다. 곧 세난동 센터 회원 두명이 효원의 화실로 옮겨 왔다. 이제 남은 건 주영이었다. 주영의 스케치북은 어느새 꽉 차가고 있었다. 효원은 주영의 다음 스케치북은 자신의 화실에서 채우게 할 거라고 전의를 다졌다. 자신과 주영의 우정, 선 넘지 않는 반듯하고 기분 좋은 우정이 위력을 더할 때가 다가오고 있다고 믿었다.

"선생님, 어쩌죠. 저 다음 주에 아이들이 한국 들어와서 딱 두시간만 빠져야 할 것 같아요."

주영이 처음으로 피치 못할 사정으로 수업을 빠져야 한다고 했을 때 효원은 드디어 때가 왔음을 직감했다. 효원은 주영에게 화실 명함을 내밀며 말했다.

"원래 센터는 보강이 안 되는 걸로 알고 있어요. 그런데 회원님, 그러지 마시고 저희 화실 한번 오세요. 거기서 보강해드릴게요."

그렇게 해서 주영과 화실에서 약속을 잡은 날, 아침부터 폭우가 쏟아졌다. 조심해서 오라는 문자를 보내고 싶었지만 효원은 주영의 휴대폰 번호를 몰랐다. 아니나 다를까, 약속된 시간에 주영은 나타나지 않았다. 20분쯤 지났을까, 전화는 센터에서 걸려왔다. "주영 고객님이 선생님과의 약속 시간에 조금 늦으실 거라는" 내용이었다. 복도 끝에서 또각거리는 발소리가 들린 건 그로부터 10분쯤 지나서였다. 문이 횡 열리며 주영이 헐레벌떡 들어섰다. 얼굴은 땀에 젖고 우산에선 물이 흘러내렸다.

"잘못 와서 다른 건물에서 한참 헤맸어요. 물 좀 마셔도 되죠, 선생님?"

주영이 할딱거리며 젖은 바짓단을 종아리에서 떼어냈다.

"초행이니 당연하죠. 천천히 드세요."

가쁜 숨을 쉬며 말하는 주영에게 효원은 차분하게 대답했다. 수업이 시작됐고 주영은 효원이 미리 챙겨 온 스케치북에 지난번 센터에서 그리던 산토리니 정경을 이어

채색했다. 그림을 그리는 내내 주영은 장소가 아늑하고 소품이 귀엽다며 감탄했다. 수업을 마칠 때 효원은 패를 던졌다.

"회원님, 괜찮으시면 언제든 여기로 오셔도 돼요."

"하하. 생각해볼게요. 그리고 스케치북은 제가 가져갈게요. 다음에 센터에 직접 챙겨 가면 되니까."

웃으며 그렇게 말한 주영에게서 효원은 아무런 낌새도 느낄 수 없었다.

주영이 수강을 취소한 건 바로 다음 날이었다. 수강 신청 명단은 새것처럼 뻥 뚫려 있었다. 주영의 자리, 그러니까 무려 여덟시간이 통으로 비어 있었고 주영의 이름은 눈 씻고 찾아봐도 없었다. 처음엔 전산 오류라고 생각했다. 주영이 카드 변경 등으로 재결제를 하느라 그런 거라고도 상상해봤다. 하지만 며칠이 지나도 시간표는 그대로였고 효원은 망치로 머리를 얻어맞은 것처럼 멍해졌다. 데스크에 물어봤지만 주영이 취소한 것이기 때문에 그들도 이유는 알 수 없다고 했다. 효원은 주영의 전화번호조차 몰랐다. 센터에서는 원칙적으로 회원의 번호를 알려줄 수 없다고 했고 효원은 그런 원칙을 충실히 지켜왔다. 그렇지만 갑자기 사라져버린 주영이 무슨 연유로 이러는 건지 효원은 알아야만 했다.

효원은 주영과의 대화 중에 나눴던 정보를 복기하며 검색한 끝에 JY리빙 컨시어지,라는 상호의 대표명이 허주영이라는 것을 확인하고 전화를 걸었다. JY리빙입니다! 낭랑한 목소리로 전화를 받은 건 분명 주영이었다.

"회원님, 안녕하세요…… 저 센터의 미술 강사입니다."

효원의 말에 주영은 적잖이 당황한 기색이었다.

"아, 네……"

"갑자기 회원님이 그만두셔서, 무슨 일이신가 하고 걱정돼서 전화드렸어요."

"그러게요…… 제가 갑자기 개인 사정이 생겨서요. 아, 근데 선생님, 제가 지금 운전 중이라서, 조금 후에 전화드릴게요."

망설이던 톤의 주영이 갑자기 말에 속도를 내고는 전화를 끊었다. 효원은 기다렸지만 주영은 다시 연락하지 않았다. 대신 다른 회원에게서 메시지가 왔다. 선생님, 아직 수업 시작 전이니까 화실도 결제 취소되죠? 센터 시간표 보니까 제가 원하던 시간에 자리 났더라구요.

화실에 등록하기로 했던 또 한명의 수강생도 비슷한

문자를 보내왔다. 졸지에 효원의 화실에 남은 회원은 이제 저녁 시간에 등록한 두 명의 직장인뿐이었다. 효원은 초조함에 밤새 손톱을 물어뜯다가 해가 뜨자마자 주영에게 문자를 보냈다. 회원님, 무슨 일인지 모르겠지만 꼭 다시 봬요. 언제 어디서든 회원님의 그림을 응원합니다. 주영은 답을 보내왔다. 네에, 너무 감사해요. 저도 이렇게 될 줄은…… 또 봬요, 선생님. 생각보다 간단한 답신이었다. 이 정도면 정말 말 못 할 개인 사정이 생긴 게 틀림없었다. 어디가 아프다거나 이혼을 한다거나, 뭐가 됐든 효원이 아, 그래서 그랬구나, 납득할 만한.

진심으로 주영을 염려하는 순간 메시지 알림음이 울렸다. 이번에도 주영이었다. 선생님, 어제 첫 수업이었지만 너무 좋네요. 제가 그림을 좀 배우기는 했는데 사실 그림 그리는 게 좀 지겨워지던 차였고, 기본기가 꽝이어서 멘붕이었거든요. 근데 어제 한번 수업 받고 진짜 너무 감동받았잖아요. ㅎㅎㅎ 앞으로도 잘 부탁드리겠습니다!

효원은 멀어져가는 정신 줄을 간신히 부여잡고 그 문자를 읽고 또 읽었다. 텅 빈 그녀의 화실과 새로운 공간에 발을 들여 화려한 색으로 무언가를 칠하고 있을 주영의 모습, 타인을 향한 칭찬 뒤에 숨어 있는 자신에 대한 모욕을 생생히 느끼며.

문자판이 일렁였다. 주영이 효원에게 문자를 잘못 보냈다는 걸 인지한 것 같았다. 하지만 결국 아무 문자도 오지 않았다. 효원도 답하지 않았다. 그러나 영원히 미궁 속을 헤맬 것 같던 수수께끼는 의외로 둘의 공간에서, 그러니까 세난동 센터에서 풀렸다.

며칠 후 센터를 방문했을 때였다. 수업이 없는 금요일이었지만 환불받아야 할 물건의 영수증이 든 작은 파우치를 강사 대기실에 놓고 가서 가지러 간 참이었다. 로비에 들어서는 순간 효원은 주영을 보고 반사적으로 몸을 감췄다. 주영은 다른 강좌를 듣는 친구와 함께 데스크 앞에서 수다를 떨고 있었다. 효원은 자기도 모르게 뒷걸음질을 쳤다. 여기서 마주치긴 싫었다. 급한 대로 구석의 로비 라운지로 숨었다. 원래는 VIP 고객만 들어올 수 있는 곳이었으나 문이 열려 있었다. 그러나 불행히도 곧 주영과 그녀의 친구가 방향을 틀어 효원이 있는 쪽으로 향했다. 그들이 들이닥치기 직전 효원은 간신히 커튼이 쳐진 탈의실에 몸을 숨기는 데 성공했다. 그리고 이어진 시간 동안 마치 드라마의 한 장면처럼 효원은 주영의 속마음을 낱낱이 들을 수 있었다.

"재미있다더니 왜 한순간에 끊어?"

친구의 말에 주영이 음료를 홀짝이곤 입을 뗐다.

"강사 니트가 너무 지루해."

"니트? 니트가 지루하다고?"

효원이 묻고 싶은 말을 그녀의 친구가 대신 했다.

"있어. 맨날 입는 단조롭고 따분한 격자무늬 니트가. 그리고 그 선생님이 쓰는 몇몇 단어들이, 좀 그래. 단단한 심지,라든가 마음의 중력, 이런 식의 표현들. 처음엔 그러려니 했는데 듣다보면 싫어지더라."

"으휴, 너도 참. 근데 맞아. 항상 사소한 게 문제지."

친구가 그녀를 두둔했다.

"결정적으로, 자기 개인 화실 냈다고 은근히 유인하더라."

"그래?"

"그래서 가봤어. 괜찮으면 옮길 수도 있겠다 생각하면서. 근데,"

주영이 말을 멈췄다. 효원도 침을 꼴깍 삼켰다.

"화실이 진짜 오래된 건물 구석에 있더라고. 바람 통하는 문 하나 없고. 나름대로 예쁘게 꾸미려고 애썼는데 솔직히 숨이 턱 막히더라구. 전에 뭐 하던 데인지 나프탈렌 냄새가 나는데, 그걸 가리려고 오렌지 향 디퓨저를 꽂았더라. 두시간 동안 머리 지끈거리는 거 참아가며 했는데, 다 좋아. 다 좋다 쳐. 결정적인 이유는 딴 거야."

"딴 거? 뭔데? 왜 이렇게 얘기가 길어?"

"이제 다 끝났으니까 들어봐. 비 와서 30분 늦었거든. 근데 정해진 시간을 칼같이 지키더라. 더 하자고 했어도 그 디퓨저 냄새 때문에 내 쪽에서 노땡큐였겠지만, 시계 힐끔 보더니 다음 수업 때 보자고 하는데 정이 싹 가시더라고. 센터에서야 다음 타임 있으니까 이해가 가지만 내가, 그 오랜 시간 동안, 얼마를 갖다 바쳤는데."

주영이 코웃음을 쳤다.

"그래서 스케치북도 바로 챙겼거든. 근데 며칠 있다 전화가 오더라. 아니, 개인번호를 센터에서 주면 안 되는 거 아닌가. 데스크에 항의했더니 준 적 없대. 그럼 뭐겠니. 우리 사무실 번호 알아내서 전화한 거더라구."

"어머, 얘. 나 지금 소름 끼쳤어."

"아휴, 그렇게도 모르나. 난 현실을 잊고 싶어서 여기 오는 건데 이 선생은 어느 순간 자꾸 나를 현실로 소환해. 그 화실에서 나오는데 구두 안으로 스며든 빗물에 정신이 퍼뜩 들더라. 끊어야 할 타이밍이라고. 그래서 요일 바꾸면서 강사도 바꿨는데, 글쎄 얘, 너무 좋아. 사람이 질

자체가 달라."

"그래, 잘했다. 세상에 할 거투성이 볼 거투성이인데 우리 시간 낭비, 인생 낭비 하지 말자! 우린 소중하잖니!"

친구가 주영의 편을 들며 요란한 웃음을 보탰다. 짜랑짜랑한 굽 소리를 내며 두 여자는 밖으로 사라졌다. 효원은 한참 동안이나, 울음이 다 그치고 눈물이 말라 누구도 눈치챌 수 없을 정도로 긴 시간이 지난 후에야 그곳에서 나왔다. 해가 다 져 있었다. 거울에 비친 자신의 얼굴이 몹시 피로해 보였다. 분명 주영과 인간 대 인간의 관계라고 믿었는데 갑자기 진열대 위에 있다가 폐기 처분된 상품이 된 것 같았다.

효원의 수업에는 새로운 주영이 나타나지 않았다. 수강생이 두명뿐이던 강좌는 두달을 버티고 폐강됐다. 새로운 계절을 맞아 많은 강좌가 신설되고 강사들이 물갈이됐다. 효원의 화실 역시 사정이 나아지지 않았다. 신규 회원은 늘지 않았고 효원은 화실을 홍보하는 것도 잊고 아르바이트 자리를 찾기 시작했다. 마침내 효원이 부동산에 전화를 걸어 화실을 빼야겠다고 말했을 때 부동산 실장은 곤란하다는 듯 혀를 찼다.

"그 영감님이 그렇게 간곡하게 부탁하는 데 이유가 있었잖아요. 갑자기 어떻게 그래……"

"어쩔 수 없어요. 어쩔 수 없어서 말씀드리잖아요."

한치도 물러서지 않고 냉담하게 맞서는 순간, 효원은 세탁소 할아버지의 상처(喪妻)를 웃음과 함께 말하던 실장을 속으로 질책했던 자신과 지금의 자신이 같지 않다는 것을 깨달았다.

화실에서 짐을 뺄 때, 펼치지도 못한 꿈이 바스러지는 것 같아 효원은 며칠을 앓았다. 이 모든 것들을 중고로 팔아 얼마를 받을 수 있을지 속으로 헤아리고 있을 때 모르는 번호로 전화가 걸려왔다. 무심결에 전화를 받은 효원은 절규하듯 외치는 나이 든 남자의 목소리에 얼어붙고 말았다.

"약속했잖아요, 맘 안 바꾼다고. 잘못될 일 없다고. 내가 아가씨 하나 믿는다고 그렇게 얘길 했잖아요…… 이 낡은 가게에 이제 누가 또 들어와요. 우리 손주놈은 이제 어쩌라고. 그애 꿈은 오직 당신 손끝에 달려 있는데!"

울다시피 소리치는 할아버지의 목소리에 효원은 아득해졌다. 자기도 모르게 누군가의 미래를 빼앗아버린 현실이 참혹했다. 사람들은 어떻게 연결돼 있는 걸까. 우정이라고 생각했던 건 허약하디허약한 계약관계일 뿐이었다. 한푼의 납입이라도 채워지지 않으면 그 어떤 연결점도 없이 종료돼버리는 사이를 뭐라 칭해야 할까. 하긴, 자신이라고 달랐을까. 회원이 1분을 빨리 오면 1분을 칼같이 빨리 끝내기 위해 인사말까지 서두르던 효원이었다. 단 1초도 '마음'이라는 공허한 환상을 위해 쓰지 않은 건 효원도 마찬가지였다.

얼마 후 효원은 다시 인스타그램에 올릴 이력서를 만들기 시작했다. 세난동 컬처센터에서 일한 경력을 제일 위에 써넣고, 완성될 때마다 사진으로 남겨두었던 회원들의 그림을 톺아봤다. 주영이 그린 것들 중 효원은 튤립을 골랐다. 빨강, 노랑의 원색이 적나라하기도 했다. 튤립의 꽃말이 뭐였더라. 사랑의 고백, 매혹, 영원한 애정, 그리고 경솔이었던가. 뭔가 하나로 이어진 이야기 같았다. 주영의 튤립 밑에 효원은 주영이 센터 게시판에 남겼던 칭찬 댓글을 캡처해 주영의 아이디를 지우고 올렸다. 그러자 꽤나 괜찮은 사제의 연이, 튤립만큼 찬란하고 화려한 이력서가 완성됐다.

효원은 훅 숨을 내쉬며 입꼬리를 올렸다. 그 순간만큼

은, 자신의 손끝으로 무언가를 해냈다는 승리감에 도취됐
다. 그런 의미에서 어쩌면 지금껏 겪은 모든 악몽은 효원
을 내일로 다시 나아가게 할 연료인지도 몰랐다.

태양 아래 반짝이는

그해 여름을 떠올리면 마음속에 햇빛이 비친다. 마치 내가 있는 곳이 세계의 전부인 듯, 무대 위 배우를 따라다니는 조명처럼 해는 나와 내가 있는 공간을 수직으로 비쳤다. 한낮의 태양 아래 모든 게 하얗게 부서졌고 강렬한 빛을 견디려면 눈을 감는 수밖에 없었다. 내 의무를 뒤로하고 찰나의 용기로 눈을 감으면 아이들의 웃음소리, 울음소리, 징징대는 소리, 여기저기서 달그락거리는 식기들의 소음, 여자들의 높은 목소리와 남자들의 과장된 음성이 귓가를 스쳤다. 그 모든 소리의 바탕에는 내내 물소리가 깔려 있었다. 첨벙거리며 튀어 오르는 물이 햇빛에 반사돼 하얀 거품이 되는 광경은 내 하루를 관통하는 장면이었다.

조금이라도 정적이 지속되면 짧게 감았던 눈이 번쩍

뜨였다. 아차 하는 사이 오리배를 탄 아이가 물에 빠졌다. 달려가려는 순간 옆에 있던 아이 아빠가 물속에서 아이를 번쩍 들어올렸다. 아무도 내가 한눈판 것을 눈치채지 못했다.

감았다가 뜬 눈에 보이는 풍경은 더욱 눈부셨다. 모든 게 총천연색으로, 동시에 하얗게 빛났다. 내가 입은 반바지와 피케 셔츠, 머리 위 작은 밀짚모자와 물기를 머금은 운동화마저 해 아래에서는 속수무책으로 탈색됐다.

이곳은 남쪽 지방의 섬에 위치한 최고급 호텔로, 기본 등급의 방에서 하룻밤 묵는 데 드는 비용만 해도 내 월급으로는 넘보기 힘든 수준이었다. 눈 돌리는 곳마다 보이는 녹지가 만들어내는 자연 풍광은 인공적이지만 안락했다. 머무는 동안에는 세상 모든 근심을 잊을 수 있는 곳, 나는 그런 데서 일했다.

주변은 선베드에 누운 가족 단위 고객들과 그들에게 음식을 주문받고 서빙하는 이들로 부산스러웠다. 하지만 그들의 지시를 따르는 건 내 업무가 아니었다. 내가 하는 일은 단순했지만 명목상 훨씬 중요했다. 나는 유아풀 앞에 서서 불미스러운 일이 일어나지 않도록 아이들을 지켜보고 있어야 했다. 응급 상황이 아니면 바쁠 게 없기는 했지만 인명구조요원 자격증을 포함해 까다로운 요건을 갖추지 않으면 맡기 힘든 직책이었다. 호텔 브로슈어에는 나와 같은 복장을 한 사람들이 환한 미소를 지은 채 수영장 옆에서 아이들과 어깨동무를 한 그림이 그려져 있었다. 그림 속 사람들이 서 있다는 사실 말고 현실과 일치하는 건 없었다. 호텔은 다른 수영장들처럼 구조요원을 높은 데 앉혀서 감독하게 하는 대신 수영장 앞에 서 있도록 했다. 나는 호텔의 아이콘 중 하나였다. 이 고급스럽고 안락한 곳에서 당신은 행복을 느낄 수 있고 귀하의 자녀는 안전하고 무사하게 보호받으며 최상의 재미를 얻을 수 있을 거라는 구호를 외치는 하나의 아이콘.

처음 이 일을 시작하고 느낀 건 짙은 열패감이었다. 호텔의 구석구석을 눈 감고도 그릴 수 있었지만 나는 계약직 직원일 뿐이었다. 내가 이곳에 손님 자격으로 투숙하는 미래가 존재할까. 어느 정도로 성공해야 누군가의 한 달 월급을 하루치 방값으로 지불할 수 있는가. 투숙객들이 남기고 간 먹지도 않은 음식이 눈에 띌 때마다 구역감이 밀려왔다. 한동안 나는 이곳에서 벌어지는 일에 드는 돈의 단위를 내 노동의 가치와 비교하느라 시간을 보냈다. 그 버릇을 접기로 결심한 건 아무 생각 없이 나간 대학 동기 모임에서였다.

시내의 작은 호프집에서 열린 동기 모임에서는 끊임없는 신세 한탄이 이어졌다. 휴대폰을 팔거나 이사 청소를 나가거나 콜센터에서 일하거나 배달을 하며 모두 기약 없는 내일에 담보 잡힌 몸과 시간을 통째로 부어 넣고 있었다. 동기들은 나를 부러워했다. 화려한 공간, 가끔 맛볼 수 있는 호텔 음식, 계약직 직원에게도 주어지는 소소한 혜택에 동기들은 내가 호텔 지배인이라도 된 것처럼 농담을 건넸다. 나는 거의 말을 하지 않았다. 그래, 이만하면. 먼 미래를 생각하지 않고 현재의 안일함만 생각하면 괜찮은 직장이다. 나는 그렇게 마음을 다잡았다. 동시에 다시는 이들과, 이미 폐교돼서 사라지고 없는 지방 2년제 대학에서 만난 이들과 섞이지 않으리라 결심했다.

나는 내 모든 게 표백되길 바랐다. 그리고 태양 아래 서서 수영장 표면의 물이 반사해내는 빛을 바라보고 있노라면 내 안의 모든 구질구질한 것들, 부상을 입고 저버린 빛바랜 수영선수의 꿈이나 답 없이 쌓인 대출금, 일주일에 한번은 돌아가야 하는 곰팡이 슨 옥탑방, 떠올리고 싶지 않은 미래조차 깨끗하고 뽀송뽀송하게, 하얗게 날아가버리곤 했다.

그런 내 생각을 바꾼 건 시현이었다. 나보다 먼저 다른 구역의 수영장에서 일하던 시현은 업무 존이 바뀌며 나와 같은 풀을 담당하게 됐다. 그녀에게는 묘하게 자극적인 데가 있었다. 고객 앞에서는 누구보다 화사하고 예의 바른 미소를 지으며 공손한 자세로 서 있었지만 때때로 시현은 내게 다가와 특정 손님을 지목하며 마스크 뒤에서 그들을 조롱하고 비웃었다. 그럴 때면 나 또한 마스크 뒤에서 소리 없이 웃었고 내 몸을 옥죈 긴장이 풀리는 걸 느꼈다.

—저 사람들도 각자 속한 자리에 빌붙은 벌레일 뿐이야. 여기 와서 잘난 척, 여유로운 척하고 있지만 하루하루 삶에 찌들어 아등바등하고 있을걸. 한푼이라도 더 싸게 예약하려고 밤새 시간 쓰고, 평소엔 먹지도 않는 조식 먹으려 꾸역꾸역 일어나고, 선베드 좋은 자리 차지하려고 먹던 아침도 놔두고 허둥지둥 기어 나오는 거 보면 있지, 지하철에서 자리 차지하려고 보따리 던지는 할머니들 같아. 그러곤 자기들끼리 인스타에 올린 사진 보면서 비교하고 비참해하는 거 모르지? 얼마나 애잔하고 불쌍한데.

시현은 그렇게 말했다. 그녀의 말은 SNS에서 익히 보아온 풍경을 비꼬고 있었으나 이 호텔에 투숙하는 손님

들은 프리미엄 중의 프리미엄을 누리는, 사회적으로 명망
있고 부유한 계층의 사람들이었다. 그들이 보통 사람처럼
그러리라고 생각되지는 않았지만 시현은 나와 생각이 달
랐다. 그녀는 행복한 풍경 안에 숨겨진 불행을 찾아내는
사냥꾼 같았다. 그런 태도는 손님뿐 아니라 다른 직원들
이나 매니저를 향해서도 마찬가지였다. 언뜻 당당해 보이
는 시현의 배짱에는 지독하게 꼬인 데가 있었다. 배배 꼬
여 결국 겨냥한 대상이 아니라 자신을 파멸로 이끄는, 어
쩌면 그 파멸까지도 비웃어버리는.

　그 당시 나는 내가 감히 하지 못하는 말들을 아무렇지
도 않게 내뱉는 그녀의 불온한 매력에 끌리고 있었다. 아
슬아슬하기 짝이 없는 태도와 눈부신 피부, 조잘대는 핑
크빛 입술은 나를 혼미하게 했다. 그래서 어느 날 그녀와
예기치 않게 숙직실에서 관계를 가진 후 헐떡이는 숨결에
실어 시현이 뱉은 말에 나는 동의할 수밖에 없었다.

　—있지. 진짜 재미있는 거 해볼래?

　대답하기도 전 그녀가 내 쪽으로 돌아앉았다.

　—수영하자. 밤의 수영장엔 아무도 없어.

　—뭐?

　—오늘은 두달에 한번 있는 창틀 건조 작업 날이잖아.

블라인드를 다 내려서 객실에서 이쪽이 보일 수가 없다구. 욕조 위에 억지로 올라가서 고개를 아래로 꺾지 않는 이상.

나는 시현의 입술을 쓰다듬으며 그녀를 안으려 했지만 시현은 이미 내게 관심이 없었다. 독기와 장난기가 뒤섞인 표정으로 그녀는 벌떡 일어났다.

새벽 3시 반의 수영장은 고요했다. 풀장 내부의 은은한 조명이 호수처럼 잔잔한 수면을 밝히고 있을 뿐이었다. 실오라기 하나 걸치지 않은 채 우리는 물속으로 풍덩 빠져들었다. 엄청난 양의 기포가 끓어올랐고 내 몸속의 피도 방울이 되어 알알이 터져 나갔다. 달빛과 꺼지지 않는 조명이 우리를 세상의 주인공으로 만들었다. 나는 시현의 입안에 혀를 밀어 넣었고 물보다 더 축축한 그녀를 탐닉했다. 한참 동안 물을 가르고 난 뒤 우리는 선베드에 누워 검은 하늘과 블라인드에 가려 불빛이 새어나오지 않는 깜깜한 객실들을 올려다봤다.

— 저 사람들은 뭘 하고 있을까.

내가 중얼거렸다.

— 생고생.

시현이 말하더니 킥킥대며 덧붙였다.

—뽕 뽑으려고 생고생. 멋져 보이려고 생고생. 자랑할 사진 찍어 올리느라 생고생. 술 잔뜩 마신 부른 배 움켜쥐고 조식 먹으려면 빨리 일어나야 된다며 억지로 처자느라 생고생. 그리고 애새끼 몰래 일년에 한번 칠까 말까 한 떡 치느라 개고생?

껄끄러운 기분이 밀려들었다. 하지만 나는 웃으며 그 감정을 지웠다. 시현이 몰래 가지고 나온 와인잔에 담긴 샴페인을 홀짝였다. 달빛이 관대하고 그윽하게 우리를 내려다봤다.

시현이 잘린 건 다음 날 오후였다. 시현의 말대로 욕실 구석에 억지로 올라가지 않는 한 우리를 보는 건 불가능했다. 그러나 수많은 객실의 투숙객들 중 그런 집요한 눈을 가진 사람이 없을 거라고 생각한 건 오산이었다. 클레임은 즉시 들어왔다. 3박 4일을 내리 투숙한 골드 등급 회원에게서 들어온 클레임이었기 때문에 지배인은 예민하게 반응했고 시현에게는 즉각 해고 조치가 내려졌다.

시현은 아쉬울 것 없다는 태도였다. 마치 그런 걸 바라기라도 했다는 듯 그녀의 얼굴에선 당당한 빛이 사라지지 않았다. 해고 절차를 녹음한 건 물론이었으나 대기업의 해고 통지는 그저 신사적으로 조용히 이루어졌다.

— 진저리 나는 것들. 해고도 징그럽게 차가워.

뭔가 더 드라마틱한 상황을, 더 뜨겁고 격렬한 걸 바랐다는 듯 시현이 말했다.

— 그래도 재미있었잖아. 나가기 전에 꼭 해보고 싶었거든. 그럼 천국 같은 감옥에서 내내 즐거우시기를!

그게 그녀가 내게 남긴 마지막 메시지였다. 그 말로 나는 내가 단지 그녀의 작은 게임에 사용된 소품이었다는 걸 깨달을 수 있었다. 공무원 시험에 합격한 시현이 발령 대기 중에 단기 아르바이트로 일하고 있었다는 걸 알게 된 시점도 그때였다.

내가 잘리지 않은 데엔 복합적인 이유가 있었다. 발령받은 지 얼마 되지 않은 수영장 지배인은 한꺼번에 직원 두명을 자르는 것을 부담스러워했다. 책임자의 역량 부족을 의심받는 상황이 꺼려졌을 것이다. 또 하나는 나의 순종적인 이미지 때문이었다. 나는 손님들의 클레임에 거의 동요하지 않고 늘 고분고분했다. 윗사람들의 의견에도 군말 없이 따랐다. 지배인은 클레임을 건 손님에게 우리 둘을 몰지각한 투숙객이었다고 둘러대느라 수명이 단축됐다며 핏대를 세웠다. 시현을 본보기로 해고하고 나를 남겨두는 게 가능한 상황이었다. 그렇게 나는 홀로 태양 아래 남았다.

그뒤에도 나는 조용히 일했다. 수영장 관리 인력이 줄면서 원래 하던 일 외에도 음식을 주문받고 처리하는 따위의 잡스러운 업무를 동시에 맡아야 했다. 아이들을 지켜보고, 남은 음식을 쓰레기통에 던져 넣고, 축축하고 무거운 수건을 옮기며 내가 누릴 수 없는 공간에서 몸을 혹사시켜가며 최선을 다했다. 내겐 그런 게 어울렸다. 타고난 성정도 그랬고 원래 지켜왔던 태도였기에 그렇게 어려운 일은 아니었다.

시현과의 짧은 모험은 치기 어린 실패로 돌아갔다. 내게 풀장 안에 들어갈 기회는 앞으로 영원히 주어지지 않을 것이었다. 시현은 이제 다른 세계에 편입되어 있을 거라는 생각조차 내게 커다란 감흥을 일으키지 못했다. 하지만 내 안의 무언가는 변해 있었다. 시현이 내 안에 어떤 액체를 뿌리고 간 것 같았다. 가끔씩 지나다니는 건물의 기계실 안에는 정기적으로 벽의 하단을 칠하기 위한 엄청난 양의 검은 페인트 통이 산더미처럼 쌓여 있었다. 그걸 볼 때마다 설명할 길 없는 기분이 용쓰듯 속에서 밀려 나왔다. 조명 빛에 따라 색이 변하는 수영장 물처럼 내가 보는 세상의 빛깔은 전과 같지 않았다.

그전까지는 투숙객들을 단지 일터의 풍경이라 생각했다. 같은 공간에 있되 나와는 섞이지 않는, 나와 상관없는, 그저 다른 세계의 사람들. 그러나 이제는 객실을 바라볼 때마다 시현이 남긴 말들이 생각났다. 어둠 속의 방에서 벌어지고 있을 우스운 일들과 자신이 즐기지 못할 알량한 특권을 낯선 이들이 새벽에 누린다는 사실로 귀중한 시간을 들여 제보까지 한 골드 등급 회원을 떠올리면 조소가 머금어졌다. 나는 비밀스럽게 그들을 경멸하고 저주했다.

무엇보다 달라진 건 아이들을 보는 내 시선이었다. 전에는 수영장에서 노는 아이들을 보면 실수 없이 일해야겠다는 마음뿐이었다. 고작 떠올리는 최악의 경우는 사고가 일어나서 내가 잘리는 상황 정도였다. 그러나 언젠가부터, 혼자 태양빛 아래 달구어지며 멍하니 서 있는 시간이 길어지면서 나는 풀장 안을 메운 아이들에게서 다른 모습을 봤다. 적막이 흐르는 고요한 수영장, 따뜻한 정오의 태양 아래 아이들이 전부 다 거꾸로 엎어진 채 익사해 있는 모습이 뇌리를 스쳤다. 그건 환영도 아니고 바람도 아니었다. 그저 누군가가 갑자기 삽입한 것처럼 그런 장면이 눈앞에 순간적으로 보였다가 사라지곤 했다. 그러다가도 손님이 나를 부르면 나는 내가 지을 수 있는 가장 예의 바른 표정으로 인사하며 미소 짓고 허리를 숙여 그들의 말에 귀 기울였다.

나와 그들의 세계는 한마디로 정의됐다. 나는 서 있고 그들은 앉아 있다는 것. 그들은 자유롭게 움직이고 나는 정물처럼 못 박힌 채 타인의 부름에만 움직일 수 있다는 것. 그것을 작열하는 태양이 매 순간 주지시켰다.

그 두 세계의 담을 넘나드는 계기가 된 건 풀의 악동 준이였다. 준이는 혼자였다. 대여섯살쯤 돼 보이는 준이는 이미 통통함을 넘어 퉁퉁한 체형에 가까웠다. 그애는 혼자서 수영장 곳곳을 돌아다니며 다른 아이들을 향해 물총을 쏘아댔다. 준이는 이 수영장에서 보기 힘든 유형이었다. 이곳에 오는 부모들은 대개 남의 시선을 신경 쓰는 사람들이었고, 아이를 방치하는 부모를 보기는 쉽지 않았다. 나는 매뉴얼대로 준이에게 다가가 부모가 어디 있느냐고 물었다. 아이는 흔들리는 시선으로 대답을 대신했다. 정확히는 그 자리에 자기 부모가 정말 있는지 확인하는 것 같은 반응이었다. 시선이 향한 곳에 선베드에 기대 앉은 여자의 뒷모습이 보였다.

나는 여자를 향해 다가갔다. 물기 없는 몸과 모자는 풀을 완전히 등진 채였고 그건 아이에 대한 모종의 태도나 선언으로 느껴지기에 충분했다. 그녀 옆에는 바짝 말라 뻑뻑해진 연어 샐러드와 안쪽 벽에 거품 자국이 선명한 빈 맥주잔이 놓여 있었다.

─아이가.

내가 입을 열자마자 여자는 선글라스 너머로 나를 올려다봤다. 당황한 기색은 없었다. 중동 사람을 연상시키는 커다란 눈이 의아하다는 듯 나를 다소 길게 응시했다. 그녀는 나른한 목소리로 죄송하다며 몸을 돌렸다. 나는 그녀의 가슴을 조개 모양으로 덮은 연갈색 물방울무늬 수영복, 유행하는 브랜드의 끈 달린 챙모자, 앙다문 작은 입술을 차례로 훑어봤다. 어디선가 짐짝 같은 남자가 벌건 얼굴로 나타나 준이의 손을 잡고 쿵쾅거리며 풀로 향했다. 어른이 된 준이의 모습을 짐작하게 하는 남자였다. 두 사람이 내는 엄청난 물소리가 멀리서도 선명하게 들렸다.

─원래 저래요.

여자가 남의 집 아이를 홍보듯 말하며 미소 지었다. 내 시선은 각과 곡선이 절묘한 조화를 이룬 그녀의 윤기 나는 어깨로 향했다. 그녀는 몸을 앞으로 쓱 기울이더니 내게 가까이 다가오라는 손짓을 했다. 내가 몸을 낮추자 그녀가 구석의 한 지점을 가리키며 내 귀에 대고 속삭이듯 말했다.

— 저기 말이에요. 저 파라솔 뒤에 죽은 새가 있어요.

꽤 진한 술 냄새가 났다. 나는 고개를 끄덕이고 곧장 걸음을 옮겼다. 귓가에 남은 여자의 말투가 너무도 은근해서 그녀가 한 말이 사실이 아닐 수도 있다고 생각했다. 하지만 그늘진 구석, 접어놓은 파라솔 뒤에 이르자 그 말이 거짓이 아님을 알 수 있었다.

화려한 색이 아기자기하게 무늬를 이룬 작은 새가 파라솔 밑에 웅크린 채 죽어 있었다. 왜 죽었을까. 상처는 없었지만 열린 눈과 옹송그린 발이 가련하고 애처로웠다. 고양이에게 물린 것 같지는 않았다. 그보다는 차라리 스스로 삶을 포기하고 그곳에 누운 것처럼 보일 정도로, 양달을 바라보며 응달 속에서 죽은 새는 소름 끼치는 이질감을 주었다. 나는 침착하게 그것을 흰 냅킨으로 감싸 건물 안 쓰레기통에 버리곤 다시 그녀에게 다가가 불편을 끼쳐 죄송하며 잘 처리했노라고 말했다.

—아무한테도 말 안 했죠? 여기 있는 다른 분들의 분위기가 깨지면 안 되니까.

　그녀가 반말인지 혼잣말인지 모를 말투로 말하며 나를 바라봤다. 우리 둘만의 비밀을 간직해달라는 듯이.

　나는 조금 후 그녀에게 푸른 바다색을 연상시키는, 바텐더의 시그니처 칵테일을 가져다주며 감사의 의미로 드리는 서비스라고 말한 뒤 자리로 돌아왔다. 여전히 아이들을 향해 물총을 쏘아대는 준이 뒤로 지친 표정의 남자가 수영장 벽에 기대 있었다. 나는 그들을 못 본 척하고 11시 방향으로 시선을 돌렸다. 칵테일을 한모금 마신 여자가 멀찍이서 내게 잔을 들어 보였다. 마음에 든다는 듯한 제스처였다.

　다시 그녀와 만난 건 폐장 뒤 빈 수영장을 혼자 정리하고 있을 때였다. 고마워요. 나지막한 목소리가 귓가에 울렸다. 긴 가운을 두른 여자가 팔짱 끼듯 두 팔로 허리춤을 여미고 서 있었다.

　—그래서 말인데 저도 한잔 대접하고 싶어서요. 루프톱 바에서 보면 어때요?

　나는 잠깐 할 말을 잃었다. 호텔 안에서 사복을 입고 돌아다니는 건 출퇴근 때를 제외하고는 금지돼 있었다. 무엇보다 그런 자리에 입고 갈 마땅한 옷이 없었다. 감사하다는 말에 붙여 나는 이렇게 말했다.

— 규정상 고객을 호텔 내부의 타 업장에서 사적으로 만나는 건 곤란합니다.

— 규칙을 잘 지키는 분이군요. 고마움을 받아들이는 융통성이 없는 분이기도 하고.

여자의 말투가 내 마음을 흔들었다. 이 제안에 응하는 게 어떤 대가를 치르게 할 것 같다는 예감을 느끼면서도 나는 이렇게 대답하지 않을 수 없었다.

— 계단 같은 데서 만나는 걸 제한하는 규정은 없긴 합니다.

그녀가 웃었다.

— 그것도 방법이네요. 난 여기 3주는 더 머물 예정이니까.

그렇게 말하면서 그녀는 내 팔을 살짝 스치듯 긁었다. 차가운 손가락이 팔꿈치에 닿자 그녀가 뿜어낸 냉기가 온몸의 털을 곤두세웠다.

다음 날 일이 없는 오후에 그녀를 다시 만났다. 객실과 객실 사이, CCTV가 없는 어느 비상계단에서였다. 얼음이 가득 든 바카디를 가지고 나온 그녀는 사업차 이곳에 온 남편을 따라왔다며, 남편은 사별한 전처의 아들인 준이와 함께 다른 층에 따로 묵고 있다고 했다.

—그 둘은 내가 인생에서 가장 이해하지 못할 남자들이죠. 둘 다 그렇게나 살집이 많다는 걸 포함해서.

그녀가 말하곤 제풀에 웃었다. 나도 따라 웃었지만 마음속에서는 방금 그녀가 남긴 말이 던진 의문이 차올랐다. 사업차 이런 호텔에 장기 투숙하는 사람의 연봉은 얼마일까. 그걸 월급, 시급으로, 아니 분이나 초로 나누면 대체 어느 정도의 금액이 되는 걸까.

그녀의 말이 내 생각을 잘랐다.

—방으로 갈래요? 그건 금지된 게 아닐 텐데.

나는 분명 안 된다고 말했었다. 그건 곤란할 것 같다고, 가능하지 않다고. 하지만 정신을 차렸을 때 나는 이미 여자의 방 안에서 그녀의 배 위에 올라탄 채였고 비현실적인 몸짓과 소리가 내 모든 감각을 뒤흔들어놓고 있었다. 한낮이었다. 햇빛이 만들어낸 격자무늬가 일정한 각도로 비스듬히 거실을 비췄다. 그리고 빛의 방향이 바뀔 즈음모든 행위가 끝나고 난 뒤 그녀는 내 가슴에 기대 자신의 무료한 생활에 대해 토로하기 시작했다.

─내가 가진 것 중 날 행복하게 하는 건 아무것도 없어요. 때론 이것저것 물건을 사기도 해요. 하지만 뜯지도 않은 상자째 어딘가 쌓아두죠. 내겐 아무런 기쁨이 없어요.

그녀는 내가 이해할 수 없는, 그러나 어디선가 들어본 것 같은 말들을 했다.

─진심으로 웃어본 지 오래됐어요.

가만히 그녀의 머리를 쓰다듬자 그녀가 내 손에 깍지를 꼈다 풀었다 하며 중얼거렸다.

─내겐 아무런 일도 일어나지 않아요. 이 방에 누가 쳐들어와 부끄럽고 난처한 일이 생길 일도 물론 없죠. 무관심의 다른 이름은 안전함이니까.

그녀가 한숨을 쉬었다.

─사는 게 너무 재미없다보니 난 남들이 하지 않는 걸 하기 시작했어요. 그저 멍하니 이 세상을 관찰하는 거예요. 그러다보면 다른 사람들이 보지 못하는 것까지 보게 되죠.

그녀가 발견했던, 파라솔 그늘 아래 죽은 새의 이미지가 떠올랐다.

─내 머릿속은 한가지 생각으로 가득했어요. 이렇게 무료하게, 의미 없이 살아서 뭐 하나. 그러다 어느 날 문득

재미있는 생각이 떠오른 거예요. 욕실에서 죽는 연습을 해보는 거였죠. 그 기막힌 생각을 실행하려고 난 욕조 위에 올라갔어요. 그런데 가운의 허리끈을 샤워기에 두르고 언뜻 고개를 돌렸을 때 창을 통해 무언가가 보였어요. 깜깜한 밤의 수영장, 늘 보던 그곳에 두 남녀가 있었어요. 젊고 생기 있는 두 사람이 알몸으로 달빛을 받으며 커다란 풀장을 가로지르고 있더군요.

그녀의 말에 나도 모르게 등을 곧추세웠다.

— 그들의 웃음소리와 말소리가 꽉 막힌 유리창 너머로도 생생히 들리는 것 같았어요. 그토록 삶을 즐기는 모습, 뜨겁게 사랑하는 자들만이 할 수 있는 몸짓을 보자 안에서 불이 타올랐죠. 화가 났어요. 내가 하려고 했던 시시한 죽음 놀이조차 그에 비하면 초라하기 짝이 없었으니까. 당장 프런트에 전화를 걸었죠. 엄격한 목소리로 풀장에서 소란이 일어나고 있다고 말했지만 내 솔직한 심정은 이랬어요. 내가 행복하지 않으면 남들도 내 앞에서 행복한 모습을 보이지 않았으면 좋겠다고.

그녀가 몸을 움찔했다.

— 그거 알아요? 수영장에서 늘 마주치는 가족들의 모습엔 그런 게 없어요. 그들은 찌들어 있고 생활을 쪼개 행

복을 만들어내려고 하니까. 어쩌면 난 그런 나른한 모습에서 위안을 얻었던 건지도 몰라요. 하지만 밤의 수영장에서 본 그 연인은,

그녀가 작은 숨을 길게 뱉어냈다.

— 아름다웠어요.

여자의 말은 나를 강하게 자극했다. 그 자극의 정체가 무엇인지 분간할 수 없었고 분석하고 싶지도 않았다. 그녀에 대한 안쓰러움이 이는 동시에 내가 휘말렸다고 생각한 두번의 게임에서 최종 승자가 된 것 같은 기분이 나를 압도할 뿐이었다. 그래서였을 거다. 나는 내 성격으로는 절대 할 수 없는 어떤 제안을 충동적으로 던졌다. 내 입에서 조용하고 따뜻한 말이 흘러나왔다.

— 재미는 낚시 같은 거예요. 찾지 않으면 저절로 오지 않아요. 여태까지 했던 게 재미없었다면 그건 제대로 된 낚시가 아닌 거죠. 다른 재미를 찾아봐요. 해본 적 없고 누구도 상상하지 못한 정말 재미있는 거.

낮에 마신 술 때문이었을까. 평소 해본 적도 없는 말이 술술 나왔다.

— 나랑 같이 해봐요.

그때부터 그녀가 머물기로 예정된 3주 동안, 그러니까 여름이 다 갈 때까지 나와 그녀는 기회가 될 때마다 호텔의 빈방을 돌아다니며 보이지 않는 흔적을 남겼다. 그 수많은 감시 카메라와 관리 인력이 눈치채지 못한 건 놀랄 만한 일이었지만, 그건 그들이 이런 일이 일어나리라고 상상하지 못했기 때문일 뿐이었다.

만실이라고 해도 빈방은 언제나 있었다. 절대 체크인이 발생하지 않을 방, 내가 절대로 가볼 수 없는 방에 함께 체액과 체취를 남기고 다시 멀쩡하게 정리를 하고 나오는 건 호텔을 싸구려 모텔로 전락시키는 것 같은 쾌감을 주었다. 어떻게 이런 일이 가능한 건지 우리는 가끔 얘기했고 그녀는 꾸며낸 기사의 표제를 입버릇처럼 읊었다.

—7성급 호텔 직원과 부유한 투숙객, 몇주간 빈 객실에서 정사를 벌이다.

—개중엔 하루 수천만원을 호가하는 스위트룸도 있어. 왜 아무도 그들의 행각을 눈치채지 못했나.

내가 받아치면 그녀는 까르르 웃었다. 정말 짜릿하다는 듯이.

그런 농담을 주고받다보면 나와 그녀가 저지르는 짓은 세상에 비일비재한 그저 그런 가십거리가 됐고, 그건 오히려 이따금씩 밀려드는 복잡하고 구토 나는 감정들을 말 끔하게 씻어주었다.

나는 그녀의 이름을 물은 적이 없다. 그녀는 명찰에 새겨진 내 이름을 알고 있었지만 나를 이름으로 부르지 않았고 자신에 대해서 왜 깊이 알려 하지 않느냐고 질문하지 않았다. 감정을 들먹이며 매달리거나 질척대는 눈물을 보이는 경우도 없었다. 우리는 들키기 전까지는 끝나지 않을 게임에 참여한 파트너일 뿐이었다. 그녀는 자신이 이 기묘한 장난으로 재미와 낭만, 잃어버린 육욕과 열정을 되찾았다고 여겼던 것 같다.

하지만 나는 달랐다. 나는 경계를 허물었다고 생각했다. 이렇게라도 무언가를 조롱하고 더럽히거나 깨부수고 싶었다. 내가 가닿을 수 없는 어떤 현실을.

그리고 머잖아, 예감했던, 어떤 면에선 기대하기까지 했던 강제적인 종지부, 파국이 찾아왔다.

파국은 누군가에게 발각되는 전형적인 모양새를 띠지는 않았다. 벌거벗은 우리를 준이가 목격했다거나 클리닝 레이디가 수상한 점을 눈치챘다거나 내 동료가 CCTV를 봤다든가 하는 식이 아니었다. 파국은 열린 가방 틈으로 고개를 내밀었다.

어느 날 수영장의 분실물 센터로 가방이 접수됐다. 대체 왜 수영장까지 이런 걸 가져왔을까 싶은 어린아이의 아이언맨 가방. 그건 풀장에서 익히 보아온 준이의 가방이었다. 가방은 늘 물을 뚝뚝 흘리고 다니는 준이처럼 물기가 흥건했다. 내가 가방을 선반에 올려놓는 순간 지퍼에 달린 열쇠고리가 선반 모서리에 걸리며 지퍼가 아래로 쭉 내려갔다. 가방 안쪽에 붙은 사진이 보였다. 준이와 준이의 아빠, 그리고 한 여자가 나란히 찍힌 전형적인 가족 사진이었다.

형식적인 미소를 짓고 있는 수수하고 단정한 여자, 사진 속의 여자는 그녀가 아니었다. 남자가 부인과 사별을 했고 준이가 걸음마를 뗀 직후 자신과 재혼을 한 탓에 아이와 친하지 않다는 그녀의 말은 거짓말이었다. 그 말대로라면 아기의 모습이었어야 할 사진 속 준이는 지금과 꼭 같은 모습이었으니까.

나는 예고 없이 그녀의 방문을 열었다. 막 욕실에서 나온 가운 차림의 그녀가 놀라 돌아봤고 젖은 머리가 튕겨내는 물방울이 내 뺨을 때렸다. 나는 태연히 준이의 가방을 바닥에 내려놓은 뒤 그 위로 사진을 떨어뜨렸다. 사진을 본 그녀의 얼굴이 잠깐 일그러졌다. 그리고 지루한 고백이 시작됐다.

그녀는 남자의 숨겨둔 연인, 아니 정부에 가까운 존재였다. 남자가 자주 가는 바에서 만나 관계를 이어오고 있었으며 그녀를 현혹한 건 그의 엄청난 재력이었다.

— 돈은 빛이에요. 조명이죠. 누군가의 머리 위에 달린 천사의 도넛이에요.

그녀가 말을 이어갔다. 진짜 당신의 사람이 될 수는 없느냐는 말에 남자는 가족처럼 지내보자는 제안을 했고 그렇게 그들은 해외에서 교수직을 맡은 준이 엄마의 부재를 틈타 이 섬에 한달간 은신하듯 숨어 있는 것이었다. 준이와 그녀가 왜 그토록 남남처럼 떨어져 지냈는지, 뭔가를 아는 듯한 어린 준이가 왜 표현할 언어를 찾지 못했는지, 남자가 왜 그녀에게 거의 말을 걸지 않는지 이제야 이해할 수 있었다. 자신을 이불처럼 덮은 권태에 관해, 점차 자신에게 다가오지 않는 것으로 서서히 관계의 끝을 암시하는 남자에 대해 그녀는 떨리는 목소리로 이야기했다.

그녀의 투숙은 이번 주를 마지막으로 끝날 것이다. 그러면 자신도 짧은 몽상을 끝내고 텅 빈 삶으로 돌아가게 될 거라고 그녀는 중얼거렸다.

　―모든 게 껍데기일 뿐이에요. 그래서 나도 껍데기가 되기로 결심한 거구요. 차라리 누구라도 문을 벌컥 열고 들어오길 바랐어요. 내 처신에 분노하고 이 삶에 형벌이 내려지길 원했죠. 하지만 결국 아무런 일도 일어나지 않았네요. 실망했나요?

　나는 그녀를 외면하고 돌아섰다. 이대로 끝내도 아무 미련이 없을 것 같았다. 문을 빠져나가기 전 그녀가 내 등 뒤에 대고 서늘하게 내뱉었다.

　―재밌네요. 당신이 감히 실망할 처지가 된다고 생각한다는 게.

　그 말은 내게 완연한 현실을 마주 보게 했다. 태양 아래 표백된 내가 아니라, 내가 속한 잿빛 현실을. 나는 몸을 돌려 그녀를 바라봤다. 거기 나와 같은 존재가 서 있었다. 뭔가를 부여잡은 채 넘지 못할 담에 걸쳐 있는 안쓰러운 사람, 그늘 아래 눈을 뜨고 죽은 화려한 새 같은 존재가.

　그녀는 내가 상상한 세계에 속한 인물이 아니었다. 무지개를 꿈꾸면서 바닥에 고인 구정물을 밟고 선 사람일 뿐이었다. 그러므로 내가 무너뜨렸다고 생각한 것, 내가 넘었다고 생각한 경계도 모두 허울이었다. 갈망하는 것에 도달할 수 없다는 자각에 빠진 채 세상을 조롱한다는 점에서, 아니 조롱했다고 착각했다는 점에서 우리는 같았다. 우리가 찾던 아슬아슬한 재미는 그렇게 아무것도 아닌 것으로 무사하게, 그리고 허망하게 조각났다.

그날 새벽 무언가를 마무리하기 위해 나는 내 육신의 모든 근육을 썼다. 간단하고 쉬웠다. 그리고 다음 날 아침 마침내 해가 떴을 때 나는 볼 수 있었다. 내가 지난 밤 낑낑대며 옮긴 알루미늄 통 속에 있던 것, 직사각형의 수영장 한 귀퉁이에서 밤새 내가 물속으로 흘려 넣은 것의 결과를. 검고 진득하게 물들어버린 풀장, 무엇도 반사할 수 없는 더러운 물, 누구도 가까이 갈 수 없는 블랙홀 같은 웅덩이를.

하늘은 흐렸고 태양은 자취를 감췄다. 안도의 한숨이 나왔다. 무언가를 내 손으로 해결해냈다는 생각이 옅은 성취감을 주었다.

그러나 나는 곧 구름 사이로 다시 등장할 태양을 알고 있었다. 감당할 수 없는 것들을 외면하게 만드는 빛, 내 남루한 현실을 다시 활활 태우듯 조명할 태양을.

피아노

혜심은 반쯤 식은 로즈마리 차를 한모금 홀짝였다. 5분
이나 우린 차에서는 상큼한 향 대신 정체 모를 먼지 냄새
가 났다. 허브 농장에 놀러 갔을 때 향과 맛이 좋아 샀던
차인데 향기는 다 날아가고 이제는 쓰고 떫은 세월의 맛
만 느껴졌다. 아쉬울 것도 없었다. 즐기려고 끓인 것도 아
니었고 남은 분량을 처분한다는 생각으로 우려낸 차였을
뿐이다. 지금 혜심에게 남은 것들은 대부분 처분해야 할
것들이었다.

혜심은 상체를 곧추세우고 집 안을 둘러봤다. 눈에 익
은 학습용 테이블, 세월의 때가 탄 작은 의자들, 책장을 가
득 채운 문제집과 필기구들…… 이제 기능을 다한 것들을
혜심은 모두 정리해야 했다. 6년 전 공부방을 열었을 때
자신에게 주어진 미래가 이런 것이리라곤 물론 상상하지

못했다.

혜심은 아이들을 좋아한다기보단 가르치는 걸 즐겼다. 어리고 유연한 존재에게 숫자와 글자, 셈을 알려주고 실수를 바로잡아주며 단정한 아이로 자라나게 돕는 일이 좋았다. 오랜 기간 학원에서 강사생활을 하다가 이 아파트를 샀을 때, 의도치 않게 1층에 구해진 집을 공부방으로 활용해야겠다고 마음먹은 것도 그 때문이었다.

혜심은 엄한 선생님이었다. 대신 성과만큼은 확실히 올렸다. 글자를 못 읽던 아이가 얼마 지나지 않아 책을 줄줄 소리 내 낭독했고, 개발새발 숫자를 날려 쓰던 아이는 깨끗하게 식을 써서 세 자리 나눗셈을 풀어냈다. 그러나 공부방이라는 단어에서 엄마들이 기대한 건 공부보다는 아무래도 '방'인 것 같았다. 공부방이 보육의 장으로 점점 변해가면서 혜심이 가진 교사로서의 장점은 누군가가 뒤에서 수군거릴 만한 단점으로 꼽히기 시작했다. 혜심은 아이들을 무조건 보듬는 대신 기본적으로 갖춰야 할 예절을 중요시했다. 공부방에서 공부 다음으로 중요하게 가르쳐야 할 것이 있다면 그건 작은 사회 속에서 예의와 규칙을 지키는 일이라고 혜심은 믿었다. 그녀는 교육시장에서는 원칙주의자가 환대받지 않는다는 걸 미처 몰랐다.

해가 지날수록 공부방에 대한 소문은 차츰 각박해져갔다. 실력도 있으시고 아이 잘 잡아주세요. 선생님이 엄하신데 잘 가르치세요. 그 공부방 간 뒤 아이가 울어요. 성적이 다는 아닌데 너무 깐깐하신 듯해요. 솔직히 트렌드도 예스러워요. 선생님이 아이가 없어서 그런 것 같아요. 거기요? 절대 안 보냅니다. 지역 맘카페에서 그런 글을 볼 때마다 마음이 조금씩 무너졌지만 일이라고 생각하면 버틸 수 있었다. 혜심이 공부방을 접기로 한 건 심리적인 이유가 아니라 경제적인 이유 때문이었다.

공부방은 혜심이 세월을 바쳐 모은 돈으로 장만한 첫 집이었다. 그러나 혜심에겐 언젠가 공부방을 그만두면 노후를 보낼 곳으로 따로 점찍어둔 아파트가 있었다. 지하철로 다섯 정거장쯤 떨어진 곳에 위치한 그 집을 혜심은 종종 검색해보곤 했다. 어느 날 좋은 가격에 물건이 나온 걸 본 혜심은 급히 집을 내놨다. 하지만 혜심의 집을 보러 오는 사람은 거의 없었고 그마저도 아이들이 머무는 동안에는 시간을 맞추기가 어려웠다. 초조해진 혜심은 집값을 대폭 내리는 것으로도 모자라 부동산 사장의 권유대로, 매매가 성사될 경우 자신이 일정 기간 전세로 살겠다는 조건을 더했다. 집을 내놓은 지 반년 만에, 혜심의 집은 처음 내놓았던 것보다 훨씬 낮은 가격에 팔렸다. 반면 혜심이 보고 있던 집의 매매가는 하루가 다르게 올라 더는 살 수 없는 가격이 되어버렸다. 졸지에 무주택자가 된 혜심은 불과 며칠 전까지도 자신의 소유였던 집에 얹혀사는 신세가 됐다. 혜심이 약을 먹기 시작한 것도 그때부터였다. 얼마 후 집주인은 혜심에게 전세금 인상을 통보했다. 혜심이 여섯달 동안 차근차근 내렸던 딱 그만큼의 금액이었다. 앉은자리에서 가난해지는 방법은 너무 쉬웠다. 부동산의 전화에 몇번 네네,라고 대답하고 처음 보는 사람과 마주 앉아 사인을 휘갈긴 것만으로 삶이 바뀌었다는 생각을 할 때마다 가슴속에서 올라오는 불을 *끄기* 위해 혜심은 시도 때도 없이 약을 입안에 털어 넣었다.

아이들에 대한 혜심의 관용도는 점차 낮아졌다. 숙제를 해 오지 않거나 성의 없는 태도를 보이는 아이는 조금 더 냉정하게 대했다. 아이들을 위해서라는 생각도 있었지만 사적인 짜증도 배제할 수는 없었다. 원생이 줄자 혜심은 초조해졌으나 이상하게 아쉽지는 않았다. 혜심이 확인한 건 이제 자신 안에 아이들에게 배움을 선사할 그 어떤 동력도 남아 있지 않다는 것뿐이었다.

혜심이 새로 맡게 될 일은 경기도 외곽에 위치한 요양

원의 관리 업무였다. 예전에 어머니를 돌볼 때 따둔 요양보호사 자격증과 아이들을 가르친 이력을 내세워 별생각 없이 지원했는데 덜컥 합격했고 예상보다 높은 연봉을 마다할 이유가 없었다. 무엇보다 노인들을 직접 돌보지 않아도 된다는 점이 좋았다. 혹여 노인들을 돌보게 되더라도 아이들과 학부모에게 시달리는 것보단 나을 것 같았다.

요양원 근처에는 오래된 아파트가 한채 서 있었다. 혜심은 그곳에 집을 장만해 들어갈 예정이었다. 주변에 편의시설이랄 게 없고 집값이 20년 동안 조금도 오르지 않았다는 게 놀랍긴 했지만, 공기 좋고 한적하며 새로 다니게 될 직장과 가깝다면 그것으로 족했다. 포기하듯 내리는 성급한 결정일지라도 후회하지 않을 자신이 있었다. 그만큼 혜심은 현재의 상태를 일단락하고 싶은 마음이 컸다.

새로운 직장과 거처를 정한 뒤로 혜심은 틈틈이 물건들을 정리했다. 오래된 가구, 옷, 책 들을 하나하나 사진 찍어 중고 거래 앱에 올렸다. 대부분 팔리지 않았지만 헐값으로나마 팔리는 것들이 쏠쏠한 보람을 줬다. 추억이 용돈으로 뒤바뀐다는 게 우스웠으나 달리 말하면 그건 먼지가 금가루로 바뀌는 마법이기도 했다. 그렇게 애써도 끝까지 팔리지 않는 것들은 이사 전에 모조리 내다 버릴 심산이었다.

전엔 무료 나눔을 해본 적도 있었다. 하지만 호의는 뻔뻔한 마음으로 돌아오기 일쑤였다. 거래가 성사되면 맡겨 놓은 것처럼 쌩하니 물건을 가져가곤 인사 한마디 없는 경우가 빈번했다. 커피 쿠폰은 고사하고 작은 티백이나 감사의 문자도 기대하면 안 되는 걸까? 하긴, 무료로 뭔가를 나누겠다고 해놓고 보답을 바라는 마음도 이중적이기는 마찬가지였다. 정말 정직한 건 돈이었다. 돈은 거짓말을 하지 않았다. 속내를 감추지도, 위선으로 가장하지도 않았다. 돈은 언제나 솔직한 민낯을 드러내 보였다. 세상에 존재하는 감정 중에서 돈으로 치환되지 않는 건 없었다. 친구의 결혼식, 어머니의 장례식, 감사와 이별의 모든 순간에도 마찬가지였다. 성의와 의리와 잔정의 크기가 모두 돈으로 환산 가능한 시절이 아닌가. 물론 그렇지 않은 관계도 있을 터였으나 슬프게도 혜심에겐 그런 관계가 그다지 남아 있지 않았다. 문득 그런 생각이 스치고 사막의 밤 같은 외로움이 몰려올 때면 혜심은 기를 써서 그 감정을 떨치고 막아냈다. 외로움만큼은 돈으로 메워지지 않는 감정이라는 걸 알아서였다.

혜심은 직거래를 하고 받은 현금을 작은 봉투에 모아서 피아노 의자 안에 오래도록 머물고 있는 클리어 파일에 넣었다. 피아노. 따지고 보면 그거야말로 혜심의 골칫거리였다. 혜심은 거실 한구석을 차지하고 있는 작은 아동용 피아노를 바라봤다. 일반 피아노보다 건반 수가 적고 몸집도 작은 앙증맞은 피아노였다. 피아노 본체와 귀퉁이가 화려하게 꾸며진 의자엔 바퀴와 브레이크가 달려 있어 언제든 원하는 방향으로 부드럽게 이동시킬 수 있었다.

혜심은 어릴 때 피아노 치기를 좋아했다. 어린 시절 집안 한구석을 묵묵히 지키던 피아노는 혜심에게 큰 위안이 됐다. 체르니 30번까지 치다 말았지만, 그래서 지금은 칠줄 아는 게 소곡집에 실린 몇 곡뿐이었지만 혜심은 피아노를 사랑했다. 공부방에 피아노를 들인 건 혜심의 허영심이 극에 달했을 때였다. 일을 낭만으로 여기고 열정이 돈을 대신할 수 있을 거라 믿었던 시절, 공부방에 공부를 하러 온 아이들도 휴식 시간에 잠깐 피아노를 친다면, 그렇게 아이들의 선율이 공부방을 채운다면 행복할 거라고 생각하며 들인 피아노였다.

그러나 아이들이 피아노를 소중하게 다룰 리 만무했다.

간혹 피아노를 치는 아이들도 있기는 했지만 피아노에서는 선율이 아닌 거친 소음이 새어나왔다. 아이들은 아무데나 과자 가루를 흘리고 음료수를 엎질렀다. 피아노가 성한 게 신기할 정도였다. 다른 아이들의 공부에 방해가 된다는 민원도 잇따랐다. 결국 혜심은 아이들에게 피아노 연주를 금지시켰다. 아이들이 돌아간 뒤에 혜심이 혼자 연습할 때도 있었지만 점차 피아노는 공부방의 커다란 정물덩어리가 돼갔다. 피아노 위에 수학 문제집과 한글 카드, 아이들이 먹다 만 과자 봉지가 쌓여갔다. 그래도 가끔 생존 확인을 하듯 뚜껑을 열고 건반을 눌러보면 소리는 잘 났다. 그 때문에 계속 간직하고 있었지만 이제는 헤어져야 할 때였다.

혜심은 피아노를 팔기 위해 중고 거래 앱에 사진을 올리고 간간이 글을 위로 끌어올렸다. 그러나 피아노에 대한 문의는 전혀 없었다. 오히려 풀 사이즈의 업라이트피아노를 무료로 나눔하겠다는 글이 심심찮게 보였는데, 대부분 가져가기만 해달라는 문구가 딸려 있는 걸 보면 확실히 피아노가 처치 곤란한 물건임에는 틀림이 없는 모양이었다. 그럼에도 혜심은 피아노를 데려갈 누군가가 나타나기를 기다렸다. 결국 돈을 내고 폐기해야 할지도 모른다는 쪽으로 생각이 기울었지만 이왕이면 돈을 받고 버리고 싶었다. 그래야 자신이 피아노에 담았던 순수한 마음이 조금이나마 보상받을 수 있을 것 같았다.

복잡한 생각에 잠겨 있는데 벨소리가 울렸다. 혜심은 택배겠거니 하고 문을 덜컥 열었다가 곧바로 후회했다. 그 아이였다. 준용이 멀건 얼굴로 혜심을 물끄러미 바라보고 있었다.

─지금 너 올 시간 아닌데.

혜심은 자신의 목소리에 가시가 돋쳐 있음을 느꼈으나 이젠 구태여 감추고 싶지도 않았다.

─알아요.

준용이 말하면서 고개를 문 안쪽으로 들이밀었다. 혜심은 물러설 생각이 없었다.

─너 못 들어와. 수업 못 해.

─왜요.

혜심은 혀끝까지 튀어나온 말을 간신히 삼켰다. 돈 안 냈잖아. 넉달이나. 들어올 자격이 없다고. 혜심은 내뱉을 뻔한 말을 가까스로 순화시켰다.

─어머니가 이번 달에도 등록을 안 하신 것 같아.

그러나 준용은 '에도'를 의도적으로 강조한 혜심의 의

중을 파악하지 못한 것 같았다.

— 잠깐만 있다 가면 안 돼요? 그냥 자습이라도 하고 있을게요.

준용이 말하며 문을 조금 더 열었다. 혜심은 한숨을 내쉬며 몸을 비꼈다. 고단했다. 준용은 익숙하게 공부방 안으로 들어왔다. 그러곤 신경을 거스르는 소음, 예컨대 가방을 내려놓는다든지 지퍼를 열었다 닫았다 하며 필기구를 꺼내고 책상을 미는 등의 소리를 끊임없이 냈다. 혜심은 참을 만큼 참다가 물었다.

— 다 됐니?

— 네?

— 이제 안 움직일 거냐고. 선생님이 좀 조용히 있으려고 했거든.

준용은 작게 고개를 끄덕였다. 혜심은 준용이 더이상 안쓰럽지 않았다. 첫 달에 돈을 안 냈을 땐 걱정스러웠고 두번째 달에는 의아했으며 셋째 달에는 하루하루 어디까지 가나 싶었는데 지금은 그 마음마저 사라졌다. 그나마 혜심이 석달이나 참은 것도 준용이 공부방 초창기 멤버였기 때문이다. 사실 아이에겐 아무런 문제가 없었다. 이해력도 좋은 편이었고 집중력도 나쁘지 않았다. 누가 특별히 관리해주지 않는 눈치인데도 숙제를 대부분 해 오는 게 대견하기도 했다. 그러나 그뿐이었다. 그밖에는 특징이랄 게 없는 아이였다. 뛰어난 것도 모자란 것도 없는, 무채색의 보통 아이. 나쁘게 말하면 애들이 다 그렇지, 할때 그려지는 그런 아이였고 다르게 말하면 교육비를 투자하면 더 잘될 수도 있을 만한 아이였다. 혜심은 마치 너무 오래돼 끊을 수 없는 습관처럼 계속해서 공부방을 찾는 준용과, 수많은 연락에도 묵묵부답으로 일관하는 그의 부모를 이해할 수 없었다. 넉달이나 돈을 내지 않고 계속 다닐 수가 있다니…… 혜심은 어느 순간부터 준용과 그애의 가족을 몰래 혐오하고 있었다.

준용이 학습만화를 한권 꺼내 읽기 시작했다. 혜심은 등을 돌리고 앉았다. 차가 식어가고 있었지만 단지 먼지 냄새 때문에 마시지 않는 건 아니었다. 갑자기 띠링 하고 커다랗게 휴대폰 알림음이 울렸다. 중고 거래 앱의 푸시 알람이었다. 놀랍게도 피아노에 대한 문의였다. 정확한 상태가 궁금하다며 사진을 찍어 보내줄 수 있겠느냐는 물음에 혜심은 이미 올린 사진을 참고하라고 답할까 하다가 결국은 휴대폰 카메라를 켰다. 피아노 뚜껑을 열자 준용이 고개를 돌리는 게 느껴졌지만 혜심은 아랑곳하지 않고 사진을 찍었다. 찰칵찰칵 방 안을 울리는 셔터 음이 무척이나 컸다. 사진을 본 상대에게서 건반이 좀 노랗다는 답이 왔다. 혜심은 사고자 하는 의사가 확실하다면 네고도 가능하다는 메시지를 보냈지만 상대에게선 더이상 답이 없었다.

　— 피아노 파실라구요?

　어느새 몸을 돌린 준용의 시선이 혜심의 휴대폰을 향해 있었다. 혜심은 불편한 기색으로 휴대폰을 뒤집었다. 준용이 입을 삐죽거리더니 중얼거렸다.

　— 저 피아노 소리 좋았는데.

　맞아, 그랬었지. 혜심은 공부방을 막 열었던 시기의 준용을 기억했다. 그때 준용은 여섯살이었다. 가느다란 머리카락이 이마를 사선으로 덮고 있었다. 잘 부탁드린다고 말하던 준용의 엄마는 수수하고 깨끗한 인상을 풍겼다. 아이가 학원 같은 데 와보는 건 처음이라서요. 쭈뼛거리던 준용의 눈이 피아노로 향했다. 그래, 여기 앉아봐. 지금은 아이들이 없으니까 쳐봐도 괜찮아. 피아노 학원은 아니지만 공부만 하면 재미없잖아. 그애를 향해 진심을 다해 지었던 부드러운 미소와 흰 건반을 조심스럽게 훑던 작은 손가락이 어제 일처럼 생생했다. 아이가 음악을 좋아해요. 그래도 여기서는 공부해야 되는 거야. 알았지, 준용아? 준용의 엄마가 해사하게 웃었다. 그땐 혜심의 눈도 더 반짝였을 것이다. 희망차게 싹트는 마음으로 뭔가를 시작하려던 때였으니까. 한때 이곳을 채웠던 웃음소리와 좋은 이야기들을 떠올리자 혜심은 고통스러워졌다.

준용은 공부 머리가 나쁘지 않은 편이었다. 세심하게 살펴봐주는 사람만 있어도 앞으로 더 잘할 수 있는 아이였다. 그런데 어느 날인가부터 혜심은 준용에게서 미세한 변화를 감지했다. 준용의 얼굴엔 그림자가 생겼다. 항상 월말에 들어오던 원비는 새달이 시작된 지 며칠이나 지나서야 입금됐다. 그리고 훨씬 전부터 모든 것을 예고해준, 준용의 손톱.

아이의 상태가 어떤지 손톱보다 더 잘 말해주는 건 없었다. 깎지 않은 손톱, 때가 잔뜩 낀 손톱. 그런 손톱으로 짐작되는 아이의 상태는 언제나 정확했다. 손톱에서 시작된 징후는 백이면 백 병균처럼 퍼져 나가 다른 문제를 일으켰다. 감지 않은 머리, 세탁한 지 오래된 옷, 미묘한 체취 그리고 늦어지는 원비 결제. 아무리 예뻐했던 아이라도, 손톱이 온전치 않아졌다면 그 아이를 밉살스럽게 생각하게 되는 건 언제나 시간문제였다.

―그냥 버려야겠다.

혜심은 자기도 모르게 소리 내 중얼거렸다. 피아노와의 실랑이를 이제 그만두고 싶었다. 준용과도 마찬가지였다. 혜심은 티가 나게 시계를 보곤 준용을 향해 말했다.

―준용아. 이제 가줘야겠어.

―저 온 지 얼마 안 됐는데…… 10분만 더 있다 가면 안 돼요?

―선생님 밥 먹어야 돼. 할 일도 많고.

혜심은 곧 공부방을 닫을 거라는 말은 아꼈다. 말이 길어질 여지를 두고 싶지 않았다. 준용이 훅 한숨을 내쉬었다. 왠지 절망이 섞인 숨결처럼 느껴졌다.

―선생님은 저 별로죠……

혜심은 준용을 지그시 바라봤다. 아니, 네 엄마가 별로야. 네 가족이 별로인 거야. 너같이 그럭저럭 보살피기만 해도 가능성 있을 애를 낙오자처럼 느끼게 하는 네 주변이 문제야. 혜심이 속으로 뇌까렸다. 그러곤 희미하게 고개를 저었다.

―시간이 늦었어.

그날 한 말 중에선 그나마 온기가 담긴 말투였다.

―그리고 앞으론 오지 마. 선생님 이제 문 못 열어줘.

그날 저녁 혜심은 낑낑거리며 쓰레기 배출 장소에 여러번 들락거렸다. 이삿날까지는 아직 시일이 남아 있었지만 가망 없는 것들부터 정리하고 싶었다. 공들여 만들었던 꽃바구니, 도자기, 여행지에서 모은 기념품이 모조리 쓰레기봉투 안으로 쓸려 들어갔다. 봉투는 산타 할아버지의 자루처럼 불룩해졌고 안에 들어 있는 물건들이 비쳤다. 휴지조각 하나 없이도 이 모든 게 쓰레기가 된다는 점이 신기할 정도였다.

마지막으로 혜심은 피아노를 옮겼다. 낮에 중고 거래 앱에서 영양가 없는 문의를 받은 뒤 혜심은 피아노를 처분하는 쪽으로 마음을 정했다. 몸집이 작은 피아노인데다 바퀴가 달린 덕에 옮기는 게 어렵지는 않았다. 제대로 된 피아노였다면 수거 업체를 불러야 했을 텐데 이만하면 다행이라 여기면서도 등줄기에 흘러내리는 땀방울이 값지게 느껴지지는 않았다. 피아노에 이어 테이프로 친친 감은 피아노 의자까지 내다놓은 혜심은 출력한 폐기물 신고증을 테이프로 붙이고 미련 없이 돌아섰다.

피아노 의자 안에 둔 클리어 파일이 불현듯 떠오른 건 며칠 후였다. 하필 그걸 잊다니. 혜심은 급히 쓰레기 배출 장소로 내려갔으나 당연히, 피아노와 피아노 의자는 이미 사라지고 없었다. 파일 안엔 두가지가 들어 있었다. 먼저 중고 거래를 해서 모은 돈. 못해도 15만원은 되는 금액이었다. 또 하나는 공부방을 하면서 아이들에게 받은 편지와 카드, 쪽지들이었다. 그중엔 준용이 준 것도 있었다. 공부방을 오래 다녀서인지 준용이 쓴 편지는 개수가 많았다. 혜심은 얼마 전 파일을 정리하다가 준용의 손때 묻은 편지들을 다시 읽었던 것을 떠올렸다. 선생님 고마워요. 선생님 사랑해요. 이제 저 10과 이를 잘 알아요. 생생히 기억났다. 준용이 자꾸 제 이름인 이준용을 lㅇ준용이라고 써서 혜심은 몇번이고 준용에게 이름을 제대로 쓰도록 연습시켰다. 그뒤엔 구구단을 외게 하고 그다음엔 곱셈과 나눗셈을, 분수와 소수를 가르쳤다. 그리고 스승의 날과 크리스마스에 카드를 받았다. 선생님 고마워요. 선생님 사랑해요. 앞으로도 저를 계속 계속 가르쳐주세요.

혜심은 머릿속에 떠오른 글자들을 외면하듯 천천히 돋보기안경을 벗었다. 10분만 더 있다 가면 안 돼요? 변성기에 접어들어 쇳소리가 나기 시작한 준용의 목소리가 귓가에 맴돈 순간 혜심은 입술을 꽉 깨물었다. 빨리 이곳을 떠나고 싶었다. 온갖 상황과 감정이 뒤섞인 지금의 상태는 며칠 전 자신이 쓰레기봉투에 담은 잡동사니들 같았다. 그래도 아이들에게 받은 편지만큼은 가져갈 생각이었는데…… 모든 걸 다 버리더라도 아이들이 남긴 진심의 훈장만큼은 간직하고 싶었는데. 그마저도 얼토당토않게 잃어버렸다는 게 혜심은 못내 속상했다.

혜심은 틈날 때마다 집을 구석구석 닦았다. 행여 집주인에게 집의 상태에 대해 트집 잡히지나 않을지 염려하는 마음에서였다. 하지만 피아노가 있던 자리에 남은 먼지는 잘 지워지지 않았다. 벽과 바닥에 피아노가 그림자를 남겨놓은 것처럼 어둡고 음울한 음영이 새겨져 있었다. 그곳에 시선이 갈 때면 혜심은 피아노가 남긴 네모난 그림자가 자신의 마음속 그늘의 크기를 닮았다고 생각했다.

피아노의 행방을 다시 알게 된 건 이사 열흘 전, 우연히 중고 거래 앱에 접속하면서였다. 이미 피아노 판매 글을 내린 후였는데 왜인지 추천 목록에 피아노가 떴다. 소파에 기대 하릴없이 남들의 피아노 사진을 훑던 혜심은 누군가 5만원에 올린 피아노 사진을 보자마자 몸을 일으켜 세웠다. 자신의 것과 동일했다. 사진을 확대한 혜심은 이내 피아노가 자신의 것임을 확신했다. 사진이 필요 이상으로 밝게 찍혀 있었지만 작은 스크래치의 위치까지도 똑같았다.

글을 올린 사람의 판매 목록은 평범했다. 책, 옷가지, 누구도 사지 않을 것 같은 생활용품들이 전부였고 그마저도 판매된 건 거의 없었다. 혜심은 뭐라고 말을 걸어야 할지 한참을 망설이다가 채팅 창에 이렇게 입력했다.

피아노 실물로 볼 수 있을까요?
아무래도 직접 보고 결정하고 싶어서요.

메시지를 보내면서도 혜심은 곤란하다는 답이 올 거라고 예상했다. 기껏해야 동영상을 받아 확인하는 정도가 최선일 것 같았다. 하지만 상대는 뜻밖의 답을 보내왔다. 원래는 안 되지만 정말 생각이 있어서 묻는 거라면 예약금 만원을 보내달라는 거였다. 혜심은 망설이다가 곧바로 예약금을 입금했다. 앱 전용 페이를 통한 입금이라 상대의 실명 같은 건 나오지 않았다. 피아노 의자 안의 클리어 파일을 차치하고라도 혜심은 남이 버린 물건을 가져다 파는 사람의 낯을 한번 보고 싶었다.

상대는 혜심의 집에서 그리 멀지 않은 곳의 주소지를

찍어주며 이렇게 덧붙였다.

피아노는 집 앞에 있어요.
와서 보시고 맘에 들면 초인종 누르심 돼요.
사실 거면 예약금 빼고 4만원에 드릴게요.

다음 날 낮, 혜심은 피아노가 있다는 빌라를 찾았다. 모르는 사람의 집 앞까지 찾아가려니 적잖이 떨렸지만 전날 주고받은 메시지와 상대가 올린 판매 물품들을 보건대 위험한 사람일 것 같지는 않았다. 지은 지 오래된 빌라 입구에는 잠금장치가 없었다. 피아노는 2층과 3층 사이 계단참에 덩그러니 놓여 있었다. 아니, 덩그러니라는 표현은 적절치 않았다. 그 공간엔 청소도구를 비롯한 온갖 물건들이 사납게 어질러져 있었다. 잡동사니 틈에 피아노가 던져져 있다고 하는 편이 더 어울렸다. 집 앞에 이렇게 물건을 쌓아놓는 집치고 제대로 된 집이 없다는 게 혜심의 오랜 지론이었다. 남이 버린 물건을 맘대로 가져가서 되팔다니, 어디서 배운 막돼먹은 심보일까. 게다가 눈 씻고 봐도 피아노 의자가 없다는 걸 확인하자 약이 바짝 올랐다. 혜심은 집 앞에 찾아왔는데 문의드릴 게 있다고 채팅

창에 메시지를 남겼다. 조금 후 끼익 소리가 나며 문이 열렸다. 마스크를 눈 밑까지 올려 쓴 여자가 문틈으로 고개를 내밀었다.

—사실 거예요?

여자의 목소리는 나른했다.

—피아노 의자요. 의자가 없어서요.

—아, 그건 원래부터 없었어요.

여자가 말했다.

—원래요?

—네. 원래부터요.

혜심은 더는 지체할 필요가 없겠다고 결론 내렸다.

—저기, 말씀드릴 게 있는데요. 이거 제 피아노예요.

—네?

여자는 문을 더 열지 않고 작게 되물었다.

—제가 저희 집 앞에 잠깐 내놓은 건데 이게 여기 있네요?

혜심은 폐기물 신고증을 붙였던 걸 쏙 빼놓고 그렇게 말했다. 여자는 좀 놀란 듯한 표정을 지었다. 덕분에 혜심은 조금 더 당당해질 수 있었다.

—맞죠, 가져간 거?

혜심과 눈이 마주친 여자의 눈동자가 심하게 일렁이더
니 툭 부러지듯 고개가 아래로 꺾였다.

—죄송합니다.

그 말과 함께 닫히는 문을 혜심은 손가락으로 부여잡
았다.

—피아노 의자 어딨어요?

—……없었어요, 처음부터.

여자가 혜심을 외면하며 말했다.

—말도 안 돼. 피아노 의자가 왜 없어요. 이건요, 도둑
질이에요. 남의 거 가져다가 파는 거, 도둑질이라구!

자기도 모르게 말끝이 짧아졌다. 그러자 여자의 목소리
에도 힘이 실렸다.

—저 피아노, 한번도 집 안에 들어온 적 없어요. 갖고
온 그대로예요. 그러니까 그만 가지고 가세요. 만원 다시
드릴게요.

여자가 문을 쾅 닫았다. 그리고 조금 후 벌컥 문을 열더
니 울분이 섞인 목소리로 항변했다.

—버린 물건이었잖아요. 버려진 거였다구요. 아무도
훔친 적 없어요. 그러니까 말 함부로 하지 마세요.

문이 다시 닫혔다. 언제 떨어뜨린 건지 바닥에 만원짜

리 지폐가 한 장 보였다. 혜심은 쓰레기를 줍는 심정으로 구깃구깃한 지폐를 주웠다. 여자의 말투에서 수치심과 분노가 읽혀 차마 다시 문을 두드릴 수 없었다. 혜심은 망연한 심정으로 피아노를 바라봤다. 실상 피아노를 가져갈 이유도, 힘도 남아 있지 않았다. 그렇다고 이대로 피아노를 두고 가자니 목소리를 높이며 따진 게 민망했고, 다시 가지고 간다면 옮기는 건 둘째치고 모든 게 원점으로 돌아갈 처지였다. 또다시 돈을 내고 폐기물 신고증을 출력해서 피아노를 버려야 한단 말인가?

계단 아래에서 발소리가 들려왔다. 이어서 모습을 드러낸 사람을 보고 혜심은 낮게 탄식했다.

— 너……

준용이었다. 혜심과 눈이 마주치자마자 준용은 도망갈 것처럼 한 걸음 뒤로 물러서더니 포기한 듯 멈춰 섰다.

— 여기 너희 집이야?

— ……

— 너야? 이 피아노 갖고 온 게?

— 선생님이 필요 없다고 하셔서요.

준용이 한참 만에 입을 열었다.

— 내가 언제?

—그랬잖아요. 버려야겠다고.

　준용이 말했다. 혜심은 준용이 집에 찾아왔을 때 작게 중얼거렸던 걸 돌이켜 후회했다. 경솔했다. 아이들은 작은 말도 민감하게 듣는다는 걸 누구보다 잘 알고 있었으면서.

　—그래서 갖고 왔어?

　혜심의 목소리가 조금 떨렸다.

　—버렸잖아요. 상관없는 거 아닌가?

　—엄마한텐 뭐라고 한 거야, 너?

　혜심이 물었다. 조금 전 말을 나눈 마스크 뒤의 여자가, 몇년 전 그 맑은 미소의 여자와 동일 인물이라고 도저히 생각할 수 없었다. 그 세월 동안, 혜심의 처지가 바뀌어가는 동안 준용을 둘러싼 세상은 또 얼마나 많이 바뀐 걸까.

　—그냥, 누가 버린 물건이 있는데 쓸 만하다고.

　마침내 준용이 기어들어가는 목소리로 답했다. 혜심은 기가 차서 숨을 삼켰다.

　—왜 그랬니.

　—죄송해요.

　—아니, 왜냐고 물었어.

　준용은 고개를 떨궜다. 아래로 내려뜨린 팔 끝에 달린

꽉 쥔 주먹이 바들바들 떨렸다. 준용이 천천히 고개를 들어 혜심을 바라봤다. 노려본다고 느껴질 정도로 아이의 날카로운 눈빛 안엔 많은 이야기가 담겨 있었다. 혜심은 준용의 얼굴이 아이의 티를 벗고 소년이 돼가고 있다는 걸 그제야 처음으로 확인했다.

— ……전 모르겠어요. 버린 걸 왜 가져다 팔면 안 되는지.

혜심은 눈을 한번 질끈 감았다가 떴다.

— 그래. 따지고 보면 안 될 이유가 없을지도 모르지. 근데 있잖아. 난 그걸 버릴 때 내가 그 물건의 운명을 정한 거라고 생각했어. 그래야 내 것인 상태로 기억 속에 온전히 남으니까.

준용은 여전히 이해하지 못하는 표정이었다. 혜심은 하고 싶은 말이 맴돌았지만 어떻게 꺼내야 할지 감이 서지 않았다.

— 준용아. 너 어릴 때 선생님이 글씨 가르쳤던 거 기억나지. 그때 네가 자꾸 칸 밖에다 글자를 썼어. 선생님이 칸 안에 올바르게 써야 한다고 하니까 네가, 왜 글자를 네모 칸 감옥에 가두냐고 했었다? 그때 선생님은 이렇게 말했던 것 같아. 칸 안에 바르게 쓰는 방법을 알아야 어쩌다

글자가 칸 바깥으로 삐져나오더라도 어디가 얼마만큼 삐져나온 건지 알고 다시 똑바로 쓸 수 있다고. 네가 우연히 들은 선생님 말에 꾀를 얹은 건, 그건 삐뚤빼뚤한 글씨 같은 거야.

준용은 고개를 끄덕이지 않았다.

— 어쩔 수 없으면요?

준용이 발끝으로 바닥을 비볐다.

—그것밖에 방법이 없다고 생각이 들면 어떻게 하나구요.

혜심은 자신이 방금 뱉은 말이 얼마나 무책임했는지 충분히 깨달을 수 있었다. 준용이 정말로 답을 알고 싶어 묻는 거라는 사실도. 하지만 고집부리듯 이렇게 얘기하는 수밖에 없었다.

—지금부터 그렇게 생각하기 시작하면 삶이 함몰돼.

—함몰.

준용이 어깨를 으쓱했다.

—그게 무슨 뜻인데요?

—함몰이라는 단어가 무슨 뜻인지도 모르는 상태로 어른이 되는 게 함몰이야.

혜심이 말했다. 그 단어에 담긴 질척거리는 진흙빛만큼

은 전달되지 않기를 바라면서. 준용은 잘 알겠다는 듯 고개를 끄덕이곤 단어를 응용하듯 두 문장을 연이어 말했다.

— 함몰하지 않을게요. 함몰되지 않을게요.

그리고 이렇게 덧붙였다.

— 다시 제자리에 가져다놓으면 되죠? 선생님이 허락해주시면 그렇게 하고 싶어요.

건물 밖에는 짐을 옮길 때 쓰는 미니 카트가 모로 세워져 있었다. 피아노 의자는 바로 그 카트 뒤에 놓여 있었다.

— 이게 피아노보다 더 무거워서 안 옮겼거든요. 누구 앉고 싶은 사람 있으면 앉으라고.

준용이 변명하듯 말했다. 테이프로 꽉 봉해진 의자엔 열린 흔적도, 열려고 한 흔적도 없었다. 그 안에 든 돈과 편지의 존재를 준용이 모른다는 점이 혜심은 다행스러웠다.

카트에 피아노를 얹고 두 사람은 언덕길을 찬찬히 내려왔다. 카트를 혼자 끌고 혜심의 집 앞까지 와서 피아노를 가져갔을 준용을 생각하자 혜심은 마음이 아렸다.

— 근데 버리신 거 아니었어요?

준용이 아까 했던 질문을 다시 했다. 준용의 엄마도 했던 말이었다.

—그랬다고 생각했는데…… 찾을 게 있었어.

혜심이 말했다. 준용은 말없이 걸음을 옮겼다. 그러곤 한참을 쭈뼛거린 끝에 한마디를 얹었다.

—저 수학 모르는 거 있는데 조금만 알려주시면 안 돼요? 평균 구하는 방법을 정말 모르겠어요.

혜심은 짧게 숨을 토해냈다. 그 끝에 가벼운 콧바람이 새어 나왔지만 불쾌하지는 않았다. 아이들에겐 지겨울 정도로 꼿꼿한 구석이 있었다. 바로 그 점이 아이들이 사랑스럽기도 지긋지긋하기도 한 이유였다. 준용에게 아직 그 꼿꼿함이 남아 있다는 사실이 조금은 반가웠다. 준용은 마음이 돈으로 환산될 수 있다는 걸 몰랐다. 한때의 혜심도 그랬을 것이다.

—다음에 하자. 손톱 깨끗이 깎고, 책이랑 연습장 잘 챙겨서 와.

이틀 후 혜심은 집을 깨끗하게 정돈하고 차를 끓였다. 딱 일주일 후면 이 집에 머문 순간이 모두 과거가 될 터였다. 하지만 버려지지 않는 것도 있었다. 다시 집 안을 채운 피아노를 혜심은 가지고 갈 생각이었다. 좋은 소리가 나진 않더라도 많은 걸 간직한 작은 피아노를, 피아노 의자가 품은 아이들의 비밀스러운 목소리를 새로운 공간의 어딘가에 놓아둘 작정이었다.

곧 초인종이 울렸다. 혜심은 문을 열고 준용을 향해 언젠가 그랬던 것처럼 힘차게 인사를 건넸다.

―어서 와.

거뭇거뭇하게 수염이 나기 시작한 준용의 얼굴이 대번에 밝아졌다. 그 얼굴을 보자 혜심은 왠지 눈물이 날 것 같았지만 어른답게 참아냈다. 그리고 선생으로서 해야 할 말을 했다.

―앉아. 책 펴고.

그 아이

길게 늘어선 행렬의 끝이 안개에 가려 보이지 않았다. 영하 9도. 기후 위기에 전세계적 전염병이 더해진 서울의 어느 겨울 아침 풍경은 가히 소리 없는 전투를 방불케 했다. 모두가 추위 속에 내뿜는 입김이 뜨거운 증기처럼 사납게 퍼져 나갔다.

정민은 당당히 그 줄의 일곱번째에 자리하고 있었다. 애매했다. 뒤로 끝없이 이어진 줄을 보면 분명 선두에 속한 건 맞는데 안정권은 아니었다. 곰처럼 두껍게 껴입고 핫팩으로 무장했지만 새벽 2시부터 8시간째 야외에 서 있는 건 쉬운 일이 아니었다. 옷 안으로 파고드는 엄혹한 냉기에 오한이 났다. 손이 시려워 휴대폰을 잡을 수도 없어서, 온갖 상념이 스쳐 지나가고 더는 떠올릴 게 없어진 머릿속으로 구구단까지 외며 시간을 때웠다. 자신보다 값어치 있는 물건을 얻기 위해 시간과 육체를 쓴다는 게 이보다 더 실감 날 수는 없을 것 같았다. 그나마 아직까진 로봇이 대체할 수 없는 일이라는 점에 만족해야 하나? 현재 시각 10시 28분. 진정한 승부는 2분 후 시작된다. 정민은 두 주먹을 불끈 쥐고 경기 직전의 선수처럼 가볍게 발을 굴렀다.

전염병이 휩쓴 세상에는 다양한 목소리가 공존했다. 한쪽에선 경기가 어렵다는 아우성이 터져 나왔지만 어떤 이들에겐 느껴지지 않는 현실이었다. 주식시장은 10년 만에 호황기를 맞았고 가상화폐로 재미를 본 사람들은 더 좋은 지역으로 이사를 가거나 건물까지 사들이는 경우도 있었다. 대박을 경험하지 못하더라도 안정적인 회사에서 잠자코 월급쟁이 신분을 유지하는 이들 역시 위기에 대한 체감은 크지 않았다. 가장 운이 없는 건 정민 같은 부류였다. 그러니까, 하필 코로나 직전에 다니던 회사를 박차고 나와 꿈을 찾아 몸을 날린 경우 말이다. 따지고 보면 소박한 꿈이었다. 그동안 성실하게 모은 돈으로 여행을 하고 늘 꿈꿔온 작은 가게를 차리기에 더없이 좋은 때라고 생각했다. 꿈은 절망의 씨앗이라고 왜 아무도 말해주지 않았을까.

그런데 절망은 또다른 누군가에겐 자유롭게 해외에 나가지 못하고 마음껏 돈을 쓸 수 없는 상황을 뜻하기도 하는 모양이었다. 해외로 나가는 발길이 묶이고 눈길을 끌며 전시할 수 있는 자랑거리들에 제한이 걸리자 명품시장은 보복 소비라는 말 아래 날로 비대해졌다. 보복 소비라는 말을 들을 때마다 정민은 그 말을 만든 사람에게 보복하고 싶었다. 보복할 게 없어서 돈으로 뭔가를 보복하다니, 이보다 더 상대적 박탈감을 유발할 수 있는 말이 있을까 싶었다. 그러나 그 세계는 틀림없이 실재했다.

타인의 화려함을 바라보며 가라앉는 기분의 끝이 어디인지 확인이라도 하듯 명품 거래 사이트를 들락거리던 정민은 재미난 아르바이트가 있다는 사실을 알게 됐다. 명품숍에 들어가기 위해 새벽부터 백화점 앞 대기 줄에 서서 구매를 대행해주는 아르바이트였다. 원하시는 제품 무조건 가능. 정민이 큰 기대 없이 올린 글에 전화를 걸어온 의뢰인의 목소리는 젊다 못해 어렸다. 원하는 가방의 제품명과 세부 사항을 말하던 의뢰인이 통화의 말미에 붙인 말은 간절했다.

"그 아이, 정말 꼭 데려오셔야 해요!"

정민은 알겠다고 했다. 세상엔 여러 종류의 간절함이

있는 법이니까. 그리하여 돈은 많고 시간은 없으며 추위가 싫은 의뢰인을 위해, 돈은 없고 시간은 많고 추위는 싫지만 어쩔 수 없는 정민이 오늘 이 자리에 서 있다.

휴대폰의 위성 시계가 10시 30분을 가리키자마자 거대한 성문이 열리듯 백화점 문이 개방됐다. 사방에서 들려오는 포효 소리가 진짜인지 환청인지 헷갈렸다. 언제였더라. 이런 함성을 영화 속에서 들은 기억이 있었는데. 근육질의 미국 남자 배우가 아들을 위한 크리스마스 선물을 사기 위해 고군분투하는 영화였다. 매진된 인기 장난감을 사기 위한 부모의 노력을 그린 영화가 말하고자 하는 건 따뜻한 가족애였다. 정민의 처지에 비하면 몹시 사치스러운 주제였다. 이건 사활이 걸린 일이었다.

일렬로 입장한 사람들의 대열은 이미 흐트러져 있었다. 이제부터는 달리기 실력과 정보의 전쟁이었다. 지하에서 올라오는 사람, 비상구 문을 열고 등장하는 사람, 백화점 옆 호텔과 연결된 통로에서 뛰어 내려오는 사람 등등 거대한 먹이를 향하는 개미 떼처럼 여기저기서 사람들이 뛰어나왔다. 정민은 필사의 힘을 다해 미리 숙지한 동선으로 달려나갔다. 그리고 마침내, 매장에 들어섰다.

정민은 헐떡거리는 숨을 진정시키며 손에 낀 반지가 잘 보이도록 괜히 머리카락을 쓸어내렸다. 의뢰인이 어젯밤 친히 퀵으로 보내온 신용카드에 동봉된 반지였다. 되도록 잘 보이게 껴주세요. 어쩌다 들른 뜨내기가 아니라 브랜드에 애정을 보여온 충성 고객이라는 걸 증명해야 하니까요. 정민은 의뢰인의 메시지를 상기하며 자신에겐 조금 헐거운 반지를 만지작거렸다. 정민의 옆으로 따라붙은 직원이 물었다.

"찾으시는 제품 있으세요?"

정민이 제품명을 말하자 직원이 먼 곳을 보더니 안타까운 눈빛을 보냈다.

"딱 하나 있기는 한데, 저분이 먼저 가져가셨네요."

다른 직원이 금색 머리핀을 한 여자에게 가방을 건네고 있었다. 여자의 얼굴에 미소가 번지는 걸 보자 정민의 가슴은 철렁 내려앉았다. 눈앞에서 사냥감이 다른 포식자의 입으로 들어가는 모습을 목격한 것처럼 말 그대로 속이 쓰렸다. 목숨 걸고 잡아 와야 하는 사냥감을 놓쳤다. 몇 개의 숫자들이 허망하게 사라졌다. 이달의 월세와 휴대폰 요금을 채울 숫자들. 정민은 하는 수 없이 의뢰인이 차선으로 말한 제품의 이름을 댔으나 그것 역시 재고가 없었다. 몇개의 숫자들이 더 사라졌다. 밥값과 최소한의 과일을 사 먹을 돈. 아무것도 얻게 되지 못할 확률이 점점 더 커지고 있었다.

신이시여. 어딘가에 존재하신다면 제발 제게 자비를 베풀어주시죠. 정민이 협박하듯 속으로 뇌까린 순간 신은 숭고한 모습을 드러냈다. 정확히 말하자면 경쟁자의 신분증을 감추는 방식으로 말이다.

"신분증 없으시면 곤란하세요."

직원의 단호한 말에 금색 머리핀 여자가 새된 소리를 냈다.

"분명히 갖고 왔는데 없어졌다니까요. 그냥 해주세요, 저 여기서 한두번 산 게 아닌데."

"규정이라서요."

간결한 직원의 말투는 근엄하기까지 했다. 여자는 태세를 바꾸더니 허둥지둥 말을 이었다.

"그럼 잠깐 맡아두시는 동안 다른 신분증 가져오는 건요? 코앞이라 바로 올 수 있는데. 아, 저 여권 사진 스캔본 있어요! 그건 안 되나요?"

"실물 신분증만 가능하세요. 대기는 처음부터 다시 해주셔야 합니다. 그런데 아…… 오늘 대기가 이미 마감됐

네요."

직원이 뜻 모를 웃음을 지으며 입소리를 냈다. 이 순간 이 공간에서만큼은 아무리 돈이 많아도 직원, 아니 절대 권력의 셀러님이 물건을 내어주지 않으면 아무것도 가져 갈 수 없었다. 결국 여자는 울상을 지으며 물러섰다. 정민 은 조마조마한 심정으로 그 옆을 딱 지키고 서 있다가 여 자가 걸음을 떼자마자 입을 열었다.

"저요! 제가 가져가도 될까요?"

이미 정민의 손엔 준비된 신분증과 의뢰인의 신용카드 가 들려 있었다. 직원이 자비롭게 고개를 끄덕였다. 멀리, 저 멀리 도망갔던 숫자들이 서둘러 정민의 앞으로 줄지어 달려오고 있었다. 방세와 휴대폰 요금을 해결하고 쌀과 채소, 금 같은 딸기를 가져다줄 숭고한 숫자들이.

그렇게 해서 정민은 의뢰인이 원한 '그 아이'를 고이 모시고 나왔다. 매장 밖 벽에 기대 정민은 떨리는 손으로 문자를 보냈다.

성공했습니다.
금장인가요??????????

정민은 의뢰인의 문자에 달린 물음표의 개수를 세는 대신 천천히 글자를 입력했다.

맞습니다. 금장.

의뢰인이 하늘을 나는 이모티콘을 보내왔다.

한시간 후 정민은 의뢰인의 집 앞에서 그녀에게 가방을 안겨주었다. 그렇게 해서 건네받은 돈으로 자잘한 여러가지를 메꿨다. 정확히 말하면 잠시간의 생활을 이어나갈 땔감을 채워 넣었다.

그러나 정민의 기묘한 알바생활은 오래가지 않아 끊겼다. 명품에 웃돈을 얹어 파는 리셀 거래가 늘자 명품 본사들은 지불 수단을 신분증과 명의가 같은 신용카드로 제한하고 한 사람이 한해 동안 살 수 있는 제품 수에도 한도를 두었다. 이제는 시간과 몸을 갈아 넣어도 할 수 없는 일이 돼버린 것이다.

몇달 뒤 정민은 한 중고 거래 앱에서 그 아이를 다시 만났다. 자신이 지불했던 돈보다 정확히 250만원이 더 얹어진 금액으로 올라온 그 아이는 사진 속에서 또렷하고 영롱하게 반짝이고 있었다. 안주머니 2시 방향에 미세하게 난 흠집을 명명백백하게 알아볼 수 있었다.

정민은 한 계절 전보다 조금 더 굽은 목을 모니터 가까이 들이밀어 그 아이를 빤히 바라봤다. 딱 한번 품에 안았던 그 아이. 시간을 견디고 추위에 몸을 닳아가며 데려온 그 아이. 날이 갈수록 몸값이 높아져만 가는 그 아이. 모든 면에서 자신과 반대 지점에 서 있는, 다시는 만져보지 못할 그 아이를.

익명의 마왕으로부터

안녕하십니까, 익명의 마왕입니다. 제게도 이름이 있지만 특정 캐릭터를 떠올리지 않도록 하기 위해 마왕이라고만 해두죠. 사실 전 대단한 마왕은 아닙니다. 악당 중에서는 꽤 하급에 속하는 저는, 어린이를 위한 시리즈 애니메이션에 등장하죠. 부분 복면을 했거나 양쪽에 뿔이 달린 우스꽝스러운 마스크로 얼굴의 대부분을 가리고 있는 마왕의 모습을 떠올리시면 대략 감이 잡히실 겁니다.

첫 등장에서 제 역할은 그저 킬킬대며 주인공의 몰락을 예언하는 것으로 끝나죠. 아, 당연히 의자는 돌려진 채여야 하며 역광에 잠긴 저의 얼굴은 부분적으로만 나와야 한다는 사실도 알고 계시리라 믿습니다.

명색이 마왕이기에 저는 좀처럼 직접 나서지 않습니다. 의자에 앉은 채 주먹을 내리치거나 부하들에게 호통을 치면서 저만의 어두운 은신처에서 지속적으로 성공을 꿈꿉니다. 그런데 어찌 된 일인지 제가 짜낸 멋진 계략은 번번이 실패하고 다시는 없을 비밀병기라고 확신한 부하들은 별것도 아닌 조무래기 주인공에게 매번 당하고 말죠. 저는 다음번엔 꼭 성공할 거라며 주먹을 불끈 쥐곤 업그레이드된 부하를 파견하거나 새로운 계획의 성공을 자신하며 낮고 음흉하게 킬킬댑니다. 그렇게 수많은 에피소드를 겪다가 결국은 이 몸이 직접 나서 주인공과 대결을 벌이죠.

……물론 제가 집니다. 그것이 제 운명입니다.

저는 검은 세상을 꿈꿉니다. 이 세상을 어둠의 손아귀로 완전히 물들이는 것, 그것이 제가 그리는 빅픽처죠. 말이야 거창해도 고백하자면 본질은 단순합니다. 세력 확장, 다스리는 영역을 넓히는 것. 그 어떤 권력자와도 다르지 않은 보편적인 목표였지요.

그런데 얼마 전부터 의심이 들더군요. 주인공은 우정을 쌓고 연애도 하고 모험을 통해 '인간적인 성장'을 이루어가는 동안 어째서 마왕인 저는 '하면 된다!' '언젠간 반드시!'만 외치고 있는 걸까요. 왜 수직으로 뻗어나가는 대신 수평적인 반복의 알고리즘에 갇혀 계략만 늘이고 용병

술만 거듭할까요. 어쩌면 애초부터 무언가가 잘못 설계된 것이었을까요.

오랜 고민 끝에 힌트를 얻은 건 영화 조커를 보고 난 후였습니다. 영화를 보며 흘린 흥건한 눈물을 닦으며 드디어 무엇이 문제인지 알아낸 것입니다.

저는 악당이 아니라 악인이 돼야 했습니다. 등장만으로 사람들이 열광하고, 어떻게 해서 지금에 이르렀는지 사연을 풀어내는 빌런, 악을 행하면서도 공감을 이끌어내는 페이소스를 지닌 진정한 안타고니스트 말입니다.

꿈을 발견했다는 생각에 두근대는 가슴을 안고 저는 그 길로 작가와 감독을 찾아갔습니다. 그러나 돌아오는 답은 냉담하기 짝이 없었죠. 먼저 인기를 얻어서 극장판을 뽑고, 그 극장판이 흥행해서 후속작까지 나오면 그제야 제 캐릭터에 매료된 대중을 위한 스핀오프가 나온다는 것입니다.

"이 사람아, 일단 성공을 해. 그래야 스토리고 뭐고 가질 수가 있지!"

이 몸은 사람이 아니라 마왕이올시다, 하고 정정하려다 말았습니다. 그들에게 저는 복면가왕 출연자들보다도 조잡한 가면을 쓰고 있는, 인기 없는 삼류 배우일 뿐이니까요. 제가 꿈꿨던 악의 세계조차 잘난 누군가에겐 한낱 작고 보잘것없는 것일까요.

저는 안에서부터 점점 비틀려가고 있습니다. 그런데 이상한 일이지요. 자포자기한 심정에서 묘한 힘이 솟아나는 건 어떻게 설명해야 할까요. 권태로운 단어처럼 읊조리던 '악'에 생명이 들어간 기분입니다. 진정한 악, 지독하고 비열하고 악취가 풍기는 진한 악이 내면의 어딘가에서부터 끓어오르고 있습니다.

원하지 않아야 원하는 것을 얻을 수 있는지도 모르겠습니다. 오늘부터 저는 단조로운 임무 수행을 거부하겠습니다. 정해진 스토리라인을 따르지 않는 캐릭터가 얼마나 난처한 결과를 도출해낼 수 있는지 보여줄 작정입니다. 그들은 저를 자르고 다른 마왕을 기용하려 하겠지만 저에겐 실패만 거듭해 비뚤어진 사기로 충만한 부하가 여럿입니다. 운이 좋아 반란에 성공한다면 저는 편성 플랫폼을 바꿔 어린이 시리즈물의 왜곡된 악당이 아닌, 진정한 악인으로 날아오를 수 있을 것입니다.

절대로 포기하지 않는 것, 거듭된 실패에도 굴종 없이

바로 다음 성공을 확신하는 것, 그것이 저, 마왕이 지닌 불변의 본질이니까요. 크흐흐흐흐……

유령의 집

고향에 돌아온 날 밤에
내 백골이 따라와 한방에 누웠다

어둔 방은 우주로 통하고
하늘에선가 소리처럼 바람이 불어온다

어둠 속에서 곱게 풍화작용하는
백골을 들여다보며
눈물짓는 것이 내가 우는 것이냐
백골이 우는 것이냐
아름다운 혼이 우는 것이냐

지조 높은 개는
밤을 새워 어둠을 짖는다

어둠을 짖는 개는

나를 쫓는 것일 게다

가자 가자

쫓기우는 사람처럼 가자

백골 몰래

아름다운 또 다른 고향에 가자

　　　　　　　　　　　—윤동주「또 다른 고향」전문

오래된 동네를 헤매다 간신히 건물을 찾았다. 돌아올 일이 없을 거라 생각했던 동네에 다시 발길을 들인 건 동생의 문자 메시지 때문이었다. 형, 어서 와. 빨리. 나는 벌써 와 있어.

나는 걸음에 속도를 붙였다. 골목은 한산했고 목적지인 건물은 유령의 집이 된 것처럼 비어 있었다.

2층, 동생과 나의 공간이었던 곳 앞에는 상자가 많이 쌓여 있다. 과거의 어느 날엔가는 상자 안에 물건들이 담겨 우리에게 도착했더랬다. 우리와 함께할 예쁜 접시, 반질반질한 수저와 포크, 아침마다 배송되던 신선한 식재료를 우리는 반갑게 들여놓았다. 나와 동생은 이 안에서 살다시피 하며 고민하고 연구했다. 우리가 만들어 손님들에게 대접할 음식을 상상했다. 제대로 요리를 배운 적도, 이렇다 할 경력도 없었지만 우리의 미천하고 보잘것없는 배경이 언젠가 남들에게 자랑할 성공담에 빛을 더할 거라 생각하면서. 누군가는 식당을 2층에 열면 장사가 안된다고 했지만 또다른 누군가는 1층 상가보다 적은 월세로 더 충분한 공간을 누릴 수 있다고 했다. 우리는 듣고 싶지 않은 말은 무시하고, 믿고 싶은 말에만 귀를 기울였다. 내일로 나아가기 위해서는 어쩔 수 없었다.

그러나 지금 문 앞에 쌓인 낡은 상자들의 용도는 달라졌다. 그 안엔 희망이나 미래 같은 건 담겨 있지 않다. 고철과 고물. 오래되고 낡고 버려져야 할 것들, 폐기돼야 할 것들이 쌓여 있을 뿐이다.

녹슨 문은 열쇠 없이도 쉬이 열렸다. 테이블로 가득했던 공간은 텅 비었고 채 가져가지 못한 몇몇 집기들의 흔적만 보인다. 우리가 떠난 뒤 아무도 이곳을 찾지 않은 것 같다. 동생도 알고 있을 거다. 그래서 여기서 보자고 한 것일 테니까. 그런데 녀석은 어디에 있는 걸까.

어딘데. 나 왔어. 왜 안 보이는 거야. 나는 동생에게 문자를 보내보지만 몇번을 시도해도 전송이 되지 않는다. 전원을 껐다 켜고 기기를 이리저리 깔짝거려봐도 소용이 없다. 그러고 보니 얼마 전부터 휴대폰이 고장 난 것 같다. 전화도 문자도 보내지지 않는다. 내가 세상을 향해 전하고자 하는 메시지는 발설되지 않은 채 휴대폰 안에 고여가기만 한다. 그 사실을 바로 깨닫지 못한 건 딱히 연락할 사람이 없어서였을 거다. 그렇다면 지금 나는 세상과 전혀 연결되지 않은 상태인가. 섬처럼 고립됐다는 생각을 하자 등 뒤가 서늘해진다. 오싹해진다. 숨이 막힌 듯 답답한 기분이 온몸을 짓누른다. 일단 나가야겠다는 생각이 든다.

멍! 개 짖는 소리에 고개를 돌리니 흰 개가 나를 향해 서 있다. 의심을 담은 커다란 꼬리가 미약하게 좌우로 흔들린다. 얼굴은 진돗개인데 귀는 시추를 닮은 독특한 생김새. 너구나, 뭉치야. 어느새 다 커버렸구나. 내 말에 뭉치의 꼬리는 와이퍼처럼 큰 궤적을 그리며 빠르게 좌우를 오간다.

동생은 정이 많았다. 피 한방울 섞이지 않은 나와 형 동생 하며 지낼 수 있던 것도 그래서였을 거다. 다른 이였다면 스쳐 지나고 말았을 인연도 깊고 진하게 우려낼 줄 알던 동생은 모든 약한 것들을 사랑하고 보듬었다. 형, 우리는 문이 활짝 열린 식당을 만들자. 동물, 어린아이들, 나이 많은 사람들, 누구나 와서 즐거운 시간을 보낼 수 있는 곳으로 하자. 착한 동생이 선한 목소리로 말했다. 뭉치를 가게로 데려온 것도 동생이었다. 우리 작은 뭉치. 비 오는 날 골목에서 비를 맞고 있던 작은 뭉치. 동생이 새 식구가 생겼다며 코트 앞섶을 열었을 때 품 안에서 까만 코를 벌름거리던 뭉치. 일을 마치고 녹초가 된 몸으로 가게에서 쪽잠을 청할 때면 가슴을 파고드는 뭉치의 따뜻한 체온에 걱정도 스르르 녹아버리곤 했다. 하지만 우리는 도망치듯 이곳을 떠났고 뭉치를 데려간 건 동생이었으므로 나는 뭉치를 다시 볼 기회가 없었다.

다 커버린 뭉치가 기특해서 무릎을 꿇고 앉아 녀석의 목덜미를 쓰다듬었다. 동생과 함께 왔을 텐데 어째서 녀석만 혼자 이곳을 서성이고 있는 건지 궁금하다. 진돗개의 피가 흐르는 녀석은 날렵한 자태에도 불구하고 떠돌이개의 행색을 벗지 못하고 있다. 얼룩진 털과 여기저기 상처 난 자국. 나를 보는 것 같다.

배고프지, 뭐라도 줄까. 나는 주머니에 넣어둔 소보로빵을 꺼내 녀석에게 건넨다. 게걸스럽게 빵가루를 핥는 녀석의 주둥이가 붉다. 뭘 먹은 거야. 쥐라도 잡아먹었어? 웃음에 섞어 나직이 말하며 녀석을 쓰다듬는다. 동생이 어디 있는지 아느냐고 물어도 녀석은 분주히 내 주변을 맴돌며 계속 킁킁거릴 뿐이다. 텅 빈 공간에 뭉치와 둘만 있으니 한기가 느껴진다. 언제까지 기다려야 하는 걸까.

뭉치가 컹컹 짖기 시작한다. 바닥에 놓아둔 전화가 울린 탓이다. 내 쪽에서 거는 건 막혀 있지만 수신은 가능한가 보다. 확인해보니 무언가에 대한 체납을 알리는 문자다. 무엇을 갚으라는 건지 확인도 않고 나는 전화기를 바닥에 내려놓는다. 내 휴대폰에는 독촉 문자가 많다. 전기

세, 집세, 그리고 은행과 지인에게서 빌린 돈. 그러고 보면 휴대폰이 먹통인 이유도 요금을 내지 않았기 때문인가. 언젠가부터 내게 오는 연락은 무언가를 독촉하거나 끊어버리겠다는 협박뿐이다. 물론 나는 그에 대해 아무런 답도 주지 않았다. 그렇다면 지금은 어떻게 된 상태인 걸까. 아무것도 기억이 나지 않는다. 다행이다. 나쁜 기억은 지워지는 편이 낫다.

대신 나는 좋은 기억을 떠올려본다. 예를 들면 동생과 가게를 막 열었던 때. 벚꽃이 흐드러지게 피고 사람들의 발길이 도시의 작은 골목 끝까지 뻗어나가던 따스한 봄날, 우리는 가게를 열었다. 냉장고가 들어오고 식탁이 놓이고, 우리는 허리를 곧게 펴고 앉아 반짝이는 숟가락을 정성스럽게 닦았다. 오가는 이들에게 따뜻하게 인사하고 신선한 재료로 만든 국수를 양껏 퍼 담았다. 모락모락 피어오르는 뜨거운 김 너머 손님들의 얼굴에 만족감이 스치는 것을 훔쳐본 뒤 그들이 남기고 간 빈 그릇을 치우는 우리의 마음엔 만족과 보람이 쌓였다. 별이라도 딸 수 있을 것 같았다.

하지만 황사가 지나간 어느 날을 기점으로 손님이 줄

었다. 머리를 쥐어짜도 이유를 알 수 없었다. 여름이 되고 장맛비가 쏟아지자 손님의 발길은 더 뜸해졌다. 눅눅해진 재료의 맛을 감추기 위해 뿌린 레몬즙에서도 시간의 냄새가 나기 시작했다.

날씨 탓인가. 경기 탓인가. 해가 들지 않는 건물 탓인가. 그래, 아무리 생각해도 햇볕 때문이었다. 처음 가게를 열었을 때 동생이 했던 말이 있다. 다 좋은데 볕이 잘 안 들어. 그건 은유가 아니었다. 볕은 우리가 어떻게 해도 누릴 수 없는 무언가였다. 태생이나 운명 같은 것. 그리고 우리는 뒤늦게 깨달았다. 해가 들지 않는 곳엔 행운도 드나들지 않는다.

몇 차례 의도치 않은 사나운 일을 겪고 손님들의 악평에 초조하게 손톱을 물어뜯는 동안 동생과 나의 마음엔 악령이 깃들기 시작했다. 어느 때부터인가 손님들이 더이상 사람으로 보이지 않았다. 그들이 주문한 음식의 가격이 얼굴 위에 새겨졌다. 너는 만 이천원. 너는 이만 오천원. 너는 고작 구천오백원. 그들의 눈 코 입이 있어야 할 자리에 숫자가 들어박힌 날로부터 나는 나 자신을 혐오했다.

꿈은 빚이었다. 하지만 희망이 사라지자 우리는 글자를 다르게 읽어야 했다. 꿈은 빚이었다. 우리 앞에 갚아야 할 숫자들이 불어났다. 가게 앞에 수북이 쌓인 낙엽을 치우는 것도 잊고 나와 동생은 어두운 가게 안에 죽치고 앉아, 열지 않은 상자 안의 재료들이 곯아가는 냄새를 맡았다.

싸라기눈이 가게 앞에 모래알처럼 맴돌던 어느 날 동생이 중얼거렸다. 우린 끝났어, 형. 동생은 왜인지 같은 말을 앞뒤 순서를 바꿔 다시 말했다. 형, 우린 끝났어. 끝난 거야.

우리는 잠시 흩어지기로 했다. 도주하듯 각자 어딘가로 피신해 뭐라도 해서 우리 앞에 산적한 숫자들을 없애보자고, 고개를 젓는 동생의 어깨를 쥐고 흔들며 나는 호기롭게 말했다. 젊으니까 할 수 있다고, 다시 일어설 수 있다고. 그러나 그뒤 내가 일어선 적이 있던가. 항상 몸을 구부려야 하는 일들로 시간을 보내며 하루에 몇번이나 허리를 폈던가. 낯선 곳에서 모래를 푸고 무거운 상자를 들어 올리고 집채만 한 차를 끝없이 몰며 해 질 무렵 붉은 노을도 느끼지 못한 채, 밤에서 밤으로 이어지는 시간을 보내는 동안, 내 삶이 통째로 잡아먹히는 동안 나는 무엇을 보았던가.

동생도 어딘가에서 무언가를 하고 있었을 것이다. 하지만 동생은 세상을 이기기엔 너무 착했다. 독하지 못했다.

나약했다. 어리석었다.

우리는 우리가 저질러놓은 문제를 풀 재간이 없다는 것에 동의해야 했다. 그때 먼저 여행을 다녀오자고 한 건 동생이었다. 떠나자, 형. 휴식이 될 거야. 나는 망설이다가 그러자고 했다.

그래, 떠나자. 가보자.

이런, 좋은 추억을 떠올리려 했는데 나쁜 기억만 되새기고 말았다.

좋은 것은 항상 나쁘게 끝난다.

그러니까 그뒤의 기억이 흐린 것 또한 다행한 일이다.

동생은 분명 나보다 먼저 도착했을 것이다. 녀석은 나보다 언제나 한발이 빠른 놈이었으니까. 결심한 건 바로 실행에 옮기는 성급하고 참을성 없는 녀석이었으니까. 한데 녀석은 대체 어디 있는 걸까.

컹컹컹. 뭉치가 계속 짖어댄다. 내 주변을 맴돌며 먹을 게 없나 찾는다. 없어, 이제 네게 줄 게 남아 있지 않아. 미안해. 나는 뭉치의 얼굴을 양손으로 쥐고 녀석의 맑은 눈을 들여다본다. 순간 녀석이 혀를 핥으며 이를 드러낸다.

입가의 붉은 자국에서 녹슨 쇠붙이의 냄새가 난다. 녀석의 숨결에 주방에서 썰던 양지의 냄새가 실려 있다. 동생이 나 몰래 녀석의 입안에 넣어주던 선홍빛 양지의 냄새가. 녀석이 방향을 틀어 총총총 가게 구석으로 향한다. 그러더니 뭔가를 핥기 시작한다. 뭔가를 씹기 시작한다. 뭔가를 뜯기 시작한다.

나는 불온한 낌새를 느끼며 녀석을 향해 걸음을 옮긴다. 가까이 다가갈수록 곧 보게 될 것을 보지 말아야 한다는 직감이 들지만 이미 뗀 발을 멈출 수는 없다.

거기 동생이 있다. 누워 있는 동생, 회색빛이 된 동생, 얼굴이 없어져버린 동생이.

그의 마지막 표정이 어땠는지 아는 건 뭉치뿐일 거다.

동생 옆으로 그가 피웠을 검은 무언가가 보인다. 나는 입을 가리는 것도 잊고 돌처럼 굳어버린다. 동생 옆으로 두개의 다리가 더 보인다. 그게 나일까.

그러나 나는 차마 내 얼굴을 확인할 자신이 없다. 내 얼굴도 파먹혔는지, 그렇지 않다면 무슨 표정을 짓고 있는지, 이제 와 안다 한들 무엇이 달라지겠는가.

형.

뒤에서 들리는 목소리에 흠칫 놀라 몸을 튼다. 그토록 기다렸던 동생이 나를 쓸쓸하게 바라보고 있다. 가자. 우리 가기로 했잖아. 이미 떠났잖아. 형은 왜 항상 이렇게 한 발짝이 느려. 덕분에 쓸데없는 것까지 보게 되잖아. 동생이 웃는다.

나는 어디로 가야 할까. 떠나는 걸까, 혹은 되돌아가는 걸까. 무엇을 향해 가는 걸까, 혹은 무언가를 없애기 위해 가는 걸까. 나는 움직이는 방법을 잊은 것처럼 단단히 얼어붙어 있다.

뭉치가 목을 쳐들고 컹컹컹 짖는다. 꼬리를 흔들며 뭔가를 이야기한다. 이미 그곳에 와 있다고. 그러니까 또다시 떠날 필요가 없다고. 계속해서 목청껏 짖으며 알려준다.

끝없이, 끊임없이.

---

* 이 작품은 윤동주의 시 「또 다른 고향」을 모티프로 창작되었다.

모자이크

손 한번 보여달라구요? 여기요. 지금의 제가 있기까지 모든 것의 시작은 손이었으니 당연히 보여드려야죠. 죄송하지만 손바닥은 곤란해요. 딴 이유는 아니고, 지문 때문에요. 전 지문이야말로 사람이 가진 가장 중요한 개인정보라고 생각하거든요. 70억인가 75억인가 하는 전세계 사람들의 지문이 하나하나 다 다르다면서요. 손끝의 작은 소용돌이가 제각각이라는 게 신기하지 않아요? 그렇게 보면 우린 모두 특별한 존재인 거네요. 근데 참 이상해요. 자기가 특별하다고 느끼며 사는 사람은 아주 적으니까요.

　언젠가 책방에 갔는데 『가슴을 울리는 명사의 한마디』라는 책이 눈에 띄더라구요. 책장을 주르륵 넘기는데 안에 쓰여 있는 말들이 하나같이 그저 그런 거예요. 그냥 밥 먹다가 튀어나온 말 같은 게 빼곡했어요. 세상에 영원한 것은 없다. 찰리 채플린. 이런 거요. 누군 모르나? 나도 할 수 있는 말인데, 소리가 절로 나오는 것들요. 그런 한마디 한마디가 막 고급스러운 무늬의 네모 칸 안에 예쁘게 박제돼서 페이지 한장을 떡하니 차지하고 있는 거예요. 그때 새삼 깨달았어요. 중요한 건 말의 내용이 아니었어요. 누가 말했는지가 중요한 거지. 입에서 개똥을 뱉어도 중요한 사람이 말하면 개똥이 인삼으로 변하는 거더라구요.

그래서 제 보잘것없는 얘기를 꺼내는 게 망설여지기도 해요. 저 같은 사람이 특별해 보이진 않을 테니까요. 사람들은 들을 만한 가치가 있는 얘기를 궁금해하잖아요. 아니, 그보단 듣고 싶은 말만 듣고 싶어한달까, 음, 그것도 아닌데…… 뭐든 흥미만 자극하면 된다구요? 네, 그것도 말이 되겠네요.

그래도 제 얘기가 그렇게 기분 좋게 들리지는 않을 거예요. 바닥에서 시작해서 하늘 높이 치솟은 결말이라면 남들한테 희망이라도 돼줄 텐데 이건 뭐, 바닥에서 시작해서 지하실에서 끝나는 얘기니까요. 게다가 제가 겪은 바닥이란 것도요, 어디 가서 내세울 만큼 그렇게 드라마틱하고 대단한 바닥이 아니거든요. 나는 너무 처참한데 남한테 들려주자니 또 평범하고 식상한, 그저 그런 바닥

있잖아요. 그러니까 어린 시절 다 건너뛰고 성인 된 이후부터 시작할게요.

스무살의 저는요, 할 줄 아는 것도 없고 미래도 안 보이고 몸은 빵빵한 풍선처럼 부풀어 오른데다 정신은 으깬 두부처럼 흐물흐물했어요. 그렇게 멍한 상태로 몇년을 보냈죠. 집안이랑 가족의 도움요? 그건 또다른 지옥 스토리니까 아예 말도 마시구요. 이런저런 알바도 해보고 시험 준비도 해봤는데 잘 안되더라구요. 정신 차려보니 저는 손바닥만 한 고시원에 처박힌 히키코모리가 돼 있었어요. 가끔 아르바이트로 아파트 계단 청소를 나가긴 했는데 내가 쓸고 닦는 먼지보다 못한 존재였죠. 계단 위의 먼지는 돈이 되는데 나는 아무것도 아니고 여길 봐도 노답, 저길 봐도 노답이었으니까.

고개까지 끄덕이실 필욘 없어요. 동정하고 안타까워하는 눈빛, 아주 딱 질색이에요. 왜냐하면요, 막상 진짜 그 삶을 살잖아요? 그 삶이 자기 거고 자기가 그 안에 들어가 있잖아요? 그럼 그렇게까지 매 순간 절망하지 않아요. 절망해봤자 노답이고 노답 상태가 일상이 되니까 절망하는 법도 잊어요. 그냥 하루하루 근근이 살게 되는 거예요. 웃긴 건, 생각이 사라져버리니까 그 좁아터진 공간에서 웅크리고 지내는 것도 괜찮더라구요. 익숙해진달까, 그냥 또 매일이 흘러간달까. 어떻게 보면 생명의 본연에 가장 가까운 상태가 되는 거죠. 먹고 자고 싸고를 반복하면서요. 사실 인간이랍시고 잘난 척하느라 힘든 거지, 먹고 자고 싸는 것보다 대단한 생명의 목표가 있을까요. 아, 결혼하고 애 낳고 가족 꾸리고 그런 거요? 거기까진 감히 제 영역이라고 생각한 적도 없어서. 그건 요즘 아무나 범접 못하는 영역이잖아요. 그러니까 자꾸 그런 어나더 레벨 얘기하지 마시고 그냥 제 얘기 좀 가만히 들어주실래요?

네, 아무튼 그렇게 단조로운 사이클에서 저를 끌어올린 건, 그러니까 더는 그렇게 살지 말아라, 다시 인간으로 돌아가라, 하는 망치랄까 도끼랄까, 그런 게 돼준 건 친구도 부모도 아닌 회전초밥이었어요.

어느 날 고시원 공용 거실에서 언제나처럼 식은 밥이랑 김치, 통조림에 든 참치를 먹는데 TV에 회전초밥이 나오더라구요. 접시 위에 놓인 예쁘장한 음식들이 레일 위에서 춤추듯 돌아가며 손님들의 손길을 기다리는데, 바로 그때였어요. 어릴 때 딱 한번 먹어본 초밥이라는 게 정말이지 너무 먹고 싶은 거예요. 그러곤 밤새 그 초밥들의 이미지가 머릿속을 뱅뱅 도는데, 도저히 참을 수가 없었어요.

다음 날 저는 용감하게 밖으로 나갔어요. 방을 나선 게 얼마 만인지도 모르겠더라구요. 온갖 소음과 인파, 정신 없는 풍경에 어지럽고 식은땀이 났지만 꾹 참고 헤맨 끝에 명동에 있는 그 초밥집 앞까지 용케 찾아갔죠. 평소엔 대기 줄이 길다고 하던데, 밥때가 지나서인지 문 앞은 한산했어요. 저는 성냥팔이 소녀처럼 밖에서 가게 안을 들여다봤답니다. 그 안엔 나와 신분이 다른 사람들이 내가 손댈 수 없는 음식을 하나씩 집어 입으로 가져가고 있었어요. 그 사람들이 절 봤다면 기겁했을 거예요. 산발의 더러운 여자가 유리창 너머로 초밥을 물끄러미 바라보고 있다고 생각해보세요. 창에 비친 제 모습이 꼭 그랬거든요. 하지만 남들이 날 어떻게 보건 제 시선은 초밥 접시에만 꽂혀 있었어요. 예쁜 접시 위에 놓인 화려한 초밥들이 레일 위를 명랑하게 차르르 도는 모습을 보니까 서글퍼지더라구요. 그때, 그 유리벽 바깥에서 저는 결연하게 다짐한 거예요. 저기 있는 초밥 같은 사람이 되어야겠다, 낭랑하게 내 갈 길 가면서도 선택받는 사람이 되자, 그러려면 생산적인 인간으로 거듭나야 한다, 하고 말예요. 아, 근데 오해는 마세요. 제가 비참한 사람들, 불행과 가난을 짊어진 사람들을 대변하는 거라고 생각하지 마시라구요. 누군가를 대변하고 대표하고 그런 거 촌스럽잖아요. 이건 어디까지나 그냥 제 얘기일 뿐이랍니다.

한동안 머리를 굴렸지만 생산적인 인간이 될 방법은 하나뿐이었어요. 돈도 빽도 필요 없고 휴대폰이랑 아이템만 있으면 되는 거. 저는 무릎을 탁 쳤어요. 내 얘기를 하자. 내가 주인공이 되자. 지금은 그게 가능한 시대니까 어디 한번 해보자! 하지만 아무리 쥐어짜도 이렇다 할 아이디어가 제겐 없었어요. 인생 썰을 풀기엔 살아온 삶이 기구한 것도 아니고, 그렇다고 얼굴이 예쁜 것도 아니고, 언젠가 메이크업 기술을 배운 적이 있지만 어디 가서 자랑할 실력도 아니었죠. 이 드넓은 공간에서 왜 승리는 소수가 독차지하는지 여실히 알겠더라구요. 역시 여기 내 자리는 없나보다, 하고 그만둘까 말까 망설이던 와중에 어떻게 된 알고리즘인지 우연히 네덜란드에 사는 유명한 교수 할아버지의 영상을 클릭하게 됐어요. 그 교수 할아버지가 말하길, 그냥 뭐, 자신감이 엄청 중요하다는 거예요. 우린 모두 특별한 점을 한가지씩은 갖고 있다는, 이제 와 생각하면 찰리 채플린의 격언만큼이나 흔해빠진 말이었는데, 어쨌든 그 할아버지는 그 말로 유명해졌는지 영상 조회 수가 엄청나게 높았어요. 전달력도 좋고 부릅뜬 눈으로 확신을 주면서 거의 명령하듯이 최면을 걸더라구요. 너도 특별한 데가 한군데는 있다고.

눈 씻고 찾아봐도 나한테 그런 건 없다고 생각하던 찰나 제 시선은 문득 손으로 향했어요. 얼핏 보면 하얗고 길쭉하고 그냥저냥 봐줄 만한 손이에요. 어렸을 때부터 손 예쁘단 소리를 꽤 들었는데도 전 늘 손을 감추고 살았죠. 왼쪽 손등이랑 오른손 약지 아래로 난 화상 자국 때문에요. 어렸을 때, 한 다섯살 때였나, 아빠가 엄마랑 부부싸움 하다가 갑자기 눈이 돌아가더니 제 목을 조른 적이 있거든요. 바닥에서 발이 들린 채 버둥거리던 저는 이리저리 몸부림치다 끓고 있는 라면이 든 냄비를 손으로 쳐버렸죠. 냄비가 떨어지던 순간 아빠도 날 바닥으로 내동댕이 쳤고 그 바람에 애꿎은 손에 뜨거운 면발이 휘감기며 생긴, 아주 사연도 지저분한 상처예요. 그것만 아니었으면 나도 손 모델을 할 수 있었을지 모르는데.

죽었는지도 살았는지도 모르는 아빠를 원망하면서 저는 휴대폰으로 손을 찍었어요. 정말이지 화상 자국이 야속하도록 밉더라구요. 근데 그 순간 퍼뜩 떠오르는 생각이 있었어요. 보정하면 되잖아! 그래서 무료 편집 앱을 다운받아서 깨작거리기 시작했어요. 실력이 미천해서 처음엔 이상했는데 며칠 동안 씨름하면서 이렇게 저렇게 해 보니까 어떻게 됐는 줄 아세요? 어느새 화면 속의 제 손이 말끔하게 반짝거리고 있는 거예요.

그래서 계정을 만들고 손도 찍고 발도 찍어서 올렸어요. 발도 예쁜 편인데 발엔 상처가 없어서 작업에 품이 별로 안 들었죠. 보세요, 저 발목 진짜 가늘죠? 발부터 발목까지만 딱 찍어놓으니까 저조차도 그 위에 달린 몸뚱이가 가냘플 것 같다고 상상하게 돼요. 하지만 솔직히 그런 영상을, 뜬금없이 손이랑 발만 찍어 올린 영상을 누가 보겠어요. 그래도 전 포기하지 않았어요. 이것마저 그만두면 헤어날 길은 없다, 레일 위 초밥 같은 인간이 될 수 없다, 생각했으니까요. 궁하니까 절실해지는 거, 제가 딱 그 상태였던 거예요. 밤낮으로 인터넷 뒤지면서 편집 공부하고 어떻게 하면 조금이라도 때깔 나는 영상을 만들 수 있는지 하나하나 삽질하며 익히고…… 내 생애 그때만큼 치열했던 적도 없는 것 같아요.

그렇게 해서 얻은 결론은 단순했어요. 내용보다 중요한 건 컨셉과 치장이라는 거. 그래서 방향을 수정했어요. 그 비좁은 방에서 그나마 때가 덜 탄 하얀 벽을 배경으로 손을 찍고 경쾌한 음악을 깔았죠. 바나나 하나 들고 손목 요리조리 돌려가며 영상 찍고, 발등 위에 종이학 몇마리 올려두고 발가락을 꼼지락거리는 모습도 찍었죠. 그런 영상 위로 내 얘기를 얹는 거예요. 솔직히 제 목소리가 그렇게 예쁜 편은 아니잖아요. 톤도 낮고 허스키해서 그런 데 들어가긴 아무래도 부담스럽죠. 그래서 음성 대신 얌전한 폰트의 자막을 넣었어요. 처음엔 반응이 아예 없었어요. 하루 종일 조회 수는 저 혼자 올리고 있더라구요.

근데 쥐구멍에도 볕 들 날 있다고, 어느 날 누가 제 영상에 첫 댓글을 달았지 뭐예요. 손이 참 예뻐요. 그 여섯 글자에 눈물이 흐르는데, 아, 잠깐 눈물 좀 닦을게요. 그때만 생각하면 지금도 울컥해서…… 예쁘다니…… 응원한다거나 힘내라는 말보다 저한텐 훨씬 힘이 되는 말이었어요. 네, 아무튼 모든 건 그렇게 시작됐어요.

그리고 그거 아세요? 운이라는 놈이 한번 찾아오잖아요? 그럼 그때부턴 삶이 의지랑 상관없이 급물살을 타요. 지금 생각해도 이유를 전혀 모르겠어요. 한 일주일인가 뒤에 갑자기 구독자 수가 늘었어요. 그냥 팍 오르더니 그 뒤부터 차근차근 늘더라구요. 운이란 게 한번 마음을 먹으면 방문 꽉 닫고 이불을 뒤집어써도 문틈으로 비집고 들어오는 거더라구요. 어쨌든 전 계속 손이랑 발을 까딱

거리면서 손으로 그림자놀이도 하고 발톱엔 다이소에서 파는 500원짜리 페디큐어를 칠하며 영상을 업로드했죠. 대체 이런 걸 보는 사람들은 어떤 사람들일까, 의문에 사로잡힌 채 말이에요. 근데 알고 보니 손이랑 발에 관심 있는 사람이 꽤 되는 것 같더라구요. 페티시인가, 그걸 부르는 말까지 따로 있다는 것도 그때 처음 알았어요. 조금씩 구독자가 늘면서 댓글도 달리기 시작했죠. 미국, 일본, 심지어 아랍에미리트에서 달린 댓글까지 있었다니까요? 내가 월드스타도 아니고, 아랍어 댓글을 구글 번역기로 돌려서 칭찬인 걸 확인하고 있자니 정말 비현실적이었죠. 사람들은 하나같이 제가 궁금하다고 했어요. 제 얼굴도 보고 싶고 목소리도 듣고 싶다는 사람들이 조금씩 늘어갔죠. 그래서 어느 날 용기를 내보기로 했어요. 용기란 것도 별게 아니더라구요. 눈 질끈 감고 그냥 한발 내디디면 되는 거였어요. 그런 심정으로 제 목소리를 공개했어요. 별 말도 아니었어요. 안녕하세요. 오늘은 처음으로 용기 내 목소리를 공개합니다. 모두 즐거운 하루 되세요. 손을 찍은 영상에 얹어 그렇게 말했을 뿐이에요. 고백하자면, 목소리는 툴을 써서 조금 바꿨어요. 살짝 톤만 조정한 건데 제가 듣기에도 꽤 괜찮은, 매력이 넘치면서 더 알고 싶어지는 여자가 머릿속에 그려지더라구요.

그걸 기점으로 구독자가 또 확 늘었어요. 저와 제 삶을 궁금해하는 사람들의 목소리가 댓글 창을 채우기 시작했지요. 물론 전 현실에서도 조금씩 노력하고 있었어요. 편의점 아르바이트도 하고 모인 돈으로 고시원을 탈출해 원룸으로 들어간 것도 그때쯤이었으니까요. 제 삶은 분명 음지에서 양지로 향하고 있었어요. 여전히 뿌리는 어둠 속에 잠겨 있지만 가지 맨 끝에 달린 꽃봉오리, 아직 피지 못한 연약한 봉오리 하나는 간신히 햇빛에 담긴 상태가 된 거예요. 저는 제 삶이 다시 어두운 뿌리 쪽으로 돌아서지 않도록 정말 신경 썼어요. 그런 노력도 안 하는 사람이 얼마나 많은데요. 제가 정말 애썼다는 것, 그것만큼은 자신 있게 말할 수 있답니다.

그런데 작은 문제가 하나 있기는 했어요. 저를 있는 그대로 전부 까발리는 건 아무래도 꺼려졌다는 거예요. 제 인생이 부끄러워서가 아니에요. 이제 와 진짜 모습을 드러낸다면 사람들의 상상을 깨고 기대를 배신하는 게 될 것 같았어요. 환상을 깨버리는 게 얼마나 잔인한 건 줄 아세요? 그건 희망을 짓밟는 거나 마찬가지예요. 어린아이한테 산타가 없다고 말하는 거랑 똑같다구요. 하얀 거짓

말이라는 말이 괜히 있는 게 아니잖아요. 그래서 저는 제가 생각하는 가장 현명하고도 간단한 방법을 선택했어요. 삶을 약간 가공하기로 말이에요.

제가 처음으로 한 하얀 거짓말은 마트에서 떨이로 주워 담은 방울토마토를 프리미엄 푸드코트에서 샀다고 말한 거였어요. 그때부터 시작된 제 삶에 대한 증언들은 말이죠, 적어도 중구난방식 거짓말은 아니었어요. 전 제가 꿈꾸는 삶에 대해 말했을 뿐이에요. 아직은 현실이 아니지만 내가 머잖아 맞이할 미래의 풍경을 조금 당겨와 지금인 것처럼 말하는 거, 왜, 자기계발서에 숱하게 나오는 성공의 방정식도 비슷하던걸요. 성공한 자신의 모습을 생생하게 그리면서 실제로 그 삶을 경험하는 것처럼 살라는 조언들 말이에요.

그렇게 저는 아침 햇살이 비쳐 들어오는 창문 앞에서 요가를 하며 하루를 시작하고, 고급 스파에 들러 격한 업무로 지친 몸을 힐링하며 스스로에게 선물을 주는 사람이 됐어요. 언젠간 정말 그렇게 될 거니까요. 반응은 나쁘지 않았어요. 이상한 댓글도 가끔 보였지만 대체로 칭찬이 더 많았죠. 얼굴도 예쁠 듯, 목소리가 신비해요, 어떤 분이신지 더 알고 싶어요…… 정말이지 전 누굴 속이며 살진 않았어요. 제 체질부터가 거짓말을 일삼고, 속이고 등쳐먹고, 그런 거랑 맞지가 않아요. 근데 좋은 말들, 따뜻한 마음을 굳이 걷어찰 필욘 없잖아요. 과자봉지에 예쁜 마크를 찍었는데 그게 귀여워서 과자가 잘 팔린다면 굳이 마크를 없앨 이유가 있을까요? 맞는 비유인지는 모르겠지만 제가 처한 상황이 딱 그랬어요. 그때부터였던 것 같아요. 제 삶에 한 단계 높은 목표가 생겼죠. 조금 더 사람들이 좋아하는 모습이 되자, 더 노력하자. 한번 그런 생각을 품으니까 모든 게 확실해지더라구요.

전 본격적으로 제가 살아보고 싶은 삶을 이야기하기 시작했어요. 말하는 대로 생각하게 된다더니, 제가 만든 캐릭터에 한번 푹 빠지니까 정말 다른 사람이 된 것 같더라구요. 그렇게 저는 전직 스튜어디스가 되어 전세계 여행지에서 있었던 일들을 구독자들에게 하나씩 들려주기 시작했어요. 제가 상상력이 풍부하다고 생각한 적은 없었거든요? 근데 그동안 꾹 닫고 산 입이 한이라도 풀려는 것처럼 한번 터진 입에선 별별 얘기가 다 나오더라구요. 직장생활의 애환, 각 도시에서 있었던 황당하고 재미난 일들, 심지어 절 괴롭혔던 사악하기 짝이 없던 상사와의 에피소드까지 말이에요. 어찌나 실감 나게 얘기했는지 그 존재하지도 않는 상사가 꿈에 나와 저를 실컷 괴롭히고 아침에 잠에서 깨면 몸이 땀으로 흠뻑 젖어 있기 일쑤였죠. 어느새 저는, 부당한 조직사회를 견디지 못해 용감하게 회사를 박차고 나와서 아직 구독자에게 공개할 수 없는 나만의 비밀 아이템으로 스타트업을 준비하는 사람이 돼 있었어요. 백수라는 말도, 적당히 갖다 붙이면 그렇게 되더라구요.

내 얘기에 귀 기울이는 사람들은 차츰차츰 늘어갔어요. 내가 새로 영상을 올리면 알림을 받는 사람들 말이에요. 세상에, 이런 게 가능한 시대라니, 정말 꿈만 같지 않아요? 사람들은 날 흥미로워하고 내 말에 공감하고 내 꿈을 응원했어요. 전 사람들의 마음을, 그러니까 날 위해 알뜰하게 모인 돈을 허투루 쓰지 않았어요. 얼굴도 고치고 살도 뺐죠. 말한 대로 되려면 그렇게 해야 했으니까요. 목표와 이상향이 있으니 어렵지 않았어요. 전 과거의 저로 돌아가지 않겠다는 굳은 결심과 안간힘으로 스스로를 발전시켜나간 거예요. 유튜브로 본 해외 여행기, 찾기 힘든 사진들, 그리고 찬란한 효과를 주는 앱. 말이야 간단해도 엄청나게 부지런을 떨면서 치밀하게 준비해야 하는 일이에요.

물론 가끔 찔리기는 했어요. 나 제정신인가. 너무 막 나가는 거 아닌가. 하지만 세상은 넓고 이상한 사람은 나 말고도 많더라구요. 상상하는 그 어떤 키워드를 넣든지 간에 인터넷엔 그들이 모두 존재했어요. 상상을 초월하는 최상위의 삶부터 밑바닥 인생들이 까발리는 나락의 삶까지. 그런 사실을 확인할 때면 묘하게 위안이 되더라구요.

비슷할 거라곤 하나도 없어 보이는 그 사람들의 유일한 공통점이 뭔 줄 아세요? 모두들 자기를 보여주고 싶어서 안달이 났다는 거예요. 가능하다면 몸속 내장까지도 꺼내 보여줄 것 같은 사람이 어찌나 많은지…… 장담하건대 네덜란드의 교수 할아버지도 그런 마음이었을 거예요. 어쨌든 가끔씩 찾아오는 불안을 애써 잠재우며 저는 하루하루 앞으로 나아갔고, 어느새 스스로 생각해도 꽤 만족할 만한 생활에 조금씩 진입하고 있었죠.

근데 제가 겪어보니까요, 삐딱선이라는 거 있잖아요. 그것도 아무나 겪는 게 아니더라구요. 뭔가 정점을 찍어야만 타게 되는 게 삐딱선이에요. 더할 나위 없이 너무 좋다, 나 자신이 자랑스럽다, 딱 지금처럼만 앞으로도 쭉 이랬으면 좋겠다, 생각이 들면 그게 신호예요. 룰루랄라 앞만 보고 신나게 달리고 있을 때, 갑자기 삶이 기다렸다는 듯 급브레이크를 걸지요. 멍청아, 이게 진짠 줄 알았니? 맛 좀 봐라, 하면서 말이에요. 그리고 지나고 보면 웃긴 건요, 당시에는 제일 괜찮은 선택이었다고 생각했던 게 돌이켜보면 삐딱선의 출발이라는 거예요. 저한텐 그 남자가 그랬어요.

저한테 호감을 보이거나 팬이라며 만나자는 사람들은 전부터 있었어요. 개중엔 음란한 메시지를 보내거나 대놓고 돈 얘기를 하며 만남을 요구하는 사람도 꽤 됐구요. 물론 다 무시하거나 거절했죠. 하지만 그 남자는 달랐어요. 그 사람이 남기는 댓글은 아주 점잖고 진중했어요. 조용하고 지긋한 느낌이었죠. 그래서였을까요? 그가 만나고 싶다는 메시지를 남겼을 때 전 무게감 있는 진심을 느꼈다고 착각했던 거예요. 그래도 한동안은 만날 생각이 없었어요. 만나면 나 자신을 드러내야 하는데 뭐 하러 그래요. 근데 문제는요, 하필 그때 제가 정체성에 조금씩 혼란을 느끼고 있었다는 거예요. 사람들이 생각하는 나랑, 내가 알고 있는 내가 너무 다르다는 게 약간 고민스럽다고나 할까, 괴롭다고나 할까, 그런 기분이 들기 시작한 거예요. 포장지가 번드르르하면 안에 든 것도 따라서 훌륭하게 발효할 거라고 생각했거든요. 근데 아니었어요. 꽉 여

며진 봉지 안에 든 과자는 악취를 풍기며 썩어가고 있었
어요. 악취가 빚어낸 유독가스 때문에 곧 봉지가 터질지
도 모르겠다는 느낌이 들었죠. 무슨 말이냐 하면요. 어느
순간 껍데기랑 내용물의 격차가 너무 벌어져 있었다는 거
예요. 그때까지만 해도 마음속 깊은 곳에 부질없는 바람
을 품고 있었다는 게 더 큰 문제였죠. 진짜 나, 꾸미지 않
은 그대로의 나를 이해하고 받아줄 사람이 어딘가 한명쯤
은 있을 거라 기대했던 거예요. 그 남자는 그런 제 기대를
희망으로 바꿔놓은 사람이었어요.

　몇 차례 메시지를 주고받다가 통화를 했어요. 제 목소
리가 영상 속의 변조된 목소리랑 달라서 놀랄 줄 알았는
데 오히려 더 매력적이라고 하더라구요. 자기만 듣고 싶
다면서. 그 사람은 급하게 서두르지 않았어요. 그래서 전
마음의 문을 열 수밖에 없었죠. 제가 손의 화상 자국을 사
진 찍어 보냈을 때 그는 저의 어린 시절에 대해 가슴 아파
해줬어요. 그 시간을 거쳐 여기까지 온 게 참 대단하다고,
용기 있는 사람이라고. 그러면서 꼭 실제로 만나고 싶다
고 했죠. 전 솔직히 털어놨어요. 난 당신이 아는 것과 많이
다를 거다. 그럼에도 그 사람은 이렇게 말했어요. 괜찮다
구요. 괜찮다, 괜찮다, 괜찮다…… 너무나 따뜻했던 그 말

이 밤새 귓가를 부드럽게 맴돌았답니다.

　그렇게 전, 내서는 안 될 용기를 품은 채 비극의 장소로 나섰던 거예요. 만남 자체에 대해선 크게 할 말이 없어요. 마주 앉은 시간은 짧았고 별로 말도 오가지 않았으니까요. 남자는 평범했어요. 돌이켜보면 야비하기 짝이 없는 생김새였지만 첫인상은 지극히 평범했죠. 좋았어요. 내가 원한 것도 평범한 거였으니까요. 그런데 나와 눈이 마주치자마자 그의 눈엔 당황스러운 빛이 노골적으로 스치고 지나갔어요. 많이 다르긴 하네요…… 그게 첫마디였어요. 그러더니 입을 헤벌리고 고개를 갸웃거리면서 이해가 가지 않는다는 듯 혀를 찼어요. 왜 그러고 살아요. 어떻게 이렇게까지 다 가짜예요? 긴 침묵이 흘렀어요. 아주 긴 침묵요. 모든 말을 필요 없게 만드는 침묵 말이에요. 눈물이 흐르려는 걸 억지로 참았어요. 알아요. 제가 너무 순진했던 거죠. 마침내 정신을 차린 전 허둥대며 말했어요. 그냥 모른 척해달라고. 내 삶이 달린 문제니까 상관 마시라구요. 그러곤 달아나듯 자리를 떴어요. 할 수만 있다면 영영 사라지고 싶었어요. 그와의 만남은 그게 처음이자 마지막이었답니다.

　그게 진짜 끝이면 얼마나 좋았을까요. 하지만 제가 말

씀드렸잖아요. 인생이 한번 삐딱선 위에 올라타면 삐뚤어진 각도가 점점 커질 일만 남는다구요. 삶이 엇나간 방향으로 질주해버리니까요.

얼마 뒤부터 제 영상 밑에 기분 나쁜 댓글이 달리기 시작했어요. 하나부터 열까지 다 가짜라는 둥, 거짓말이라는 둥, 제대로 된 인증 한번 없다는 둥, 검증과 증명이 필요하다는 둥, 온갖 외설스럽고 더럽고 추잡한 인신공격과 더불어서 말이에요. 처음 보는 아이디였지만 한눈에 봐도 그 남자라는 걸 알 수 있었어요. 다른 사람들까지 그 댓글에 동조하기 시작했어요.

일단 무시하고 여유 있게 악플을 소리 내 읽는 걸로 정면 승부했어요. 그걸 읽는 내 마음은 비참한데 영상에 담긴 목소리는 당당하고 태연했죠. 한번 봤던 남자의 표정이 자꾸 떠올랐어요. 놀란 얼굴이었을 뿐인데, 이렇게까지 조롱하고 깔아뭉갤 것 같은 눈빛은 아니었는데, 적어도 내가 느낀 건 그랬는데, 앞뒤가 맞지 않는 행동에 너무 배신감이 느껴졌어요. 아니라고 외치고 싶었어요. 결백을 주장하고 난 떳떳하다고 증명해 보이고 싶었어요. 그런 쓸데없는 마음을 품지 말았어야 했는데, 바보 같은 생각 때문에 결정적인 실수를 해버렸죠. 얼굴을 공개하기로 말이에요.

결단코 내 삶에 거짓 같은 건 없다고, 전 처음으로 얼굴을 드러내고 말했어요. 스튜어디스였다는 걸 증명할 자료 같은 것도 만들어서 보여줬죠. 실시간으로 자동 보정되는 화면 속에는 만화에서 튀어나온 것 같은, 베일 것 같은 턱선과 왕방울만 한 눈을 가진 여자가 뜨더군요. 음…… 그러고 나서 어떻게 됐냐구요? 사람들은 제가 가짜였다는 걸 알게 됐죠. 슬픈 얘기는 짧게 하고 넘어가기로 해요. 유쾌한 결과는 아니었어요. 화려하게 쌓은 모래성이 천천히 무너져가고 있었답니다. 그리고 곧 계정을 닫게 되었지요.

저는 저를 이런 결과로 이끈 남자를 용서할 수가 없었어요. 자려고 누웠다가도 이불을 박차고 일어나 앉는 시간이 반복됐죠. 네깟 게 뭔데 겨우 멀쩡해지던 내 인생에 지저분한 낙서를 해. 독한 마음이 피어나기 시작했어요. 억울함은 차차 복수심으로 변해갔죠. 어떻게 해서 여기까지 끌고 온 인생인데 이렇게 한방에 무너뜨릴 수가 있나, 원통했죠. 내가 원통하다면 날 원통하게 만든 사람도 원통함을 느껴야 되는 거 아닌가요? 그때부터 제 삶의 목표가 바뀌었어요. 내 인생 대신 그 남자의 인생에 집중하기 시작한 거예요. 어떻게 하면 그 사람을 완전히 짓밟고 몰락시킬 수 있을까 궁리하느라 밤잠을 설쳤죠.

전 그 사람이 남긴 댓글, 저한테 보낸 메시지들을 차근차근 뒤졌어요. 놀랍게도 건질 만한 정보가 꽤 되더라구요. 흘린 말들이나 뉘앙스에서 눈치챌 만한 것들도 많았구요. 네티즌 수사대라는 것도 별거 아니던데요? 사람은 흔적을 남길 수밖에 없어요. 그걸 이렇게 저렇게 추리해보고 조합해보고 열심히 매달리다보면 어느 정도는 그 사람의 삶에 근접할 수 있게 되더라구요. 그렇게 며칠 공부하듯 파고 나니까 조각난 정보들이 조금씩 모이기 시작했어요. 그 사람은 캐나다로 어학연수도 다녀오고 몇년도엔 누굴 사귀었다가 헤어지고 작은 횟집에서 일하다 지금은 제가 사는 곳과 멀지 않은 경기도 외곽 신도시에서 초밥집을 하고 있더라구요. 하필이면 초밥집이라니 세상에 이런 우연이 다 있나요. 전 그렇게 알게 된 힌트들을 어떻게 이어 붙일까 고민했어요. 그러다가 좋은 수가 떠올랐죠. 그냥 이 사람을 돈에 눈이 먼 못돼먹은 인간쓰레기로 만들어보자 결심한 거예요. 요리랑 비슷했어요. 불로 지지고 볶고 소금 뿌려서 짜잔, 하고 완성한다는 점에서 말이에요.

남자가 운영하는 식당은 주로 배달을 하는 곳이었어요.

인생 초 치기에 딱 좋은 조건이었죠. 주문을 하려고 돈을 쓰자니 속이 탔지만 목표를 위해선 투자해야지 어쩔 수 있나요. 평점도 달고 리뷰도 남기고 직접 전화해서 이런저런 문의도 몇번 했죠. 전화는 항상 그 사람의 부인이 받더라구요. 하, 부인까지 놔두고 할 짓이 없어서 나 같은 사람한테 뻴짓이나 하고 있었나, 헛웃음이 절로 나오더라구요. 일단 단골이 된 뒤엔 리뷰나 문자로 좀 귀찮게 굴었죠. 신선도가 전 같지 않다, 세제 냄새가 너무 심하다, 서비스가 주문과 다르다, 그런 거요. 대단한 질문도 아니었는데 한마디 한마디에 감정적으로 받아치면서 쏙쏙 걸려들더라구요. 이 과정을 몇번 반복하면서 계속 초밥을 주문했죠. 그러고는 매번 별점의 평균을 조금씩 낮췄답니다. 일부러 그런 것도 아니고 진짜 그 집은 그 정도 별점이 딱이었어요. 지역 카페에도 가입해서 활동했죠. 그 가게, 저만 불편한가요,라는 아주 적절한 제목에다가 적당히 하소연하는 듯한 말투로 글과 사진, 제 컴플레인에 그들이 단 댓글을 캡처해 올렸어요. 댓글이 우수수 달리더라구요. 그걸 보니까 그 남자나 그 남자 부인이나 어떤 인생을 살았는지 안 봐도 뻔했어요. 제가 아니더라도 어차피 잘되긴 그른 팔자였다니까요. 그다음부터 제가 한 건

별로 없어요. 사람들이 알아서 달려들어 그 사람들을 가죽까지 벗겨냈죠. 생각보다 너무 쉽고 빨라서 깜짝 놀랐어요. 진짜 괜찮은 데였으면 그런 일은 일어나지 않았을 거예요. 이제 와 말하지만 그 집 초밥의 맛은, 정말이지 형편없었답니다.

그 사달이 나는 동안 저는 뭘 했느냐구요? 그냥 방에서 며칠 쉬었어요. 빵을 먹으면서 고요한 음악을 틀어놓고 아주 평온하게 쉬었답니다. 얼마 후에 결국 가게 문을 닫더라구요. 솔직히 좀 놀랍긴 했어요. 그 정도까지 예상한 건 아니었는데, 이게 진짜 되네, 싶으면서 아, 뭐라고 해야 되지…… 죄송해요, 그냥 솔직히 말할게요. 그 남자 가게 망한 걸 알게 된 순간 말이에요, 미칠 듯이 짜릿하더라구요. 사지에 피가 팡팡 돌면서 머리꼭지가 화해지는데, 도박에서 연거푸 지다가 마지막 순간에 잭팟을 터뜨리면 이런 심정일까 싶더라구요. 사실 한번밖에 안 봐서 얼굴도 가물가물한 게, 그 사람이 진짜 있는 사람이란 생각도 안들고, 재미있고 짜릿한 영화 한편 보는 것 같았어요. 빌런 캐릭터를 죽이는 게임을 한판 한 것 같았다는 게 더 정확한 표현이려나. 아무튼 그랬어요. 잠깐 동안 내가 악마인가 하는 생각도 하긴 했어요. 근데 내가 먼저 그런 거 아니잖아요. 나만 하는 뭐, 대단히 엽기적인 짓도 아니잖아요. 가게가 망하는 일 같은 건 늘 일어나는 아주 흔한 일이잖아요. 내 돈 주고 식당 밥 사 먹었는데 별로라서 별로라고 말한 게 뭐 어쨌다구요. 민주사회니까 내 의견 말할 수 있는 거 아니에요? 이런 일로 제가 악마면 이 세상은 벌써 지옥이게요? 지극히 현실적이고 평범한 일을, 남들 다 하는 대로 처리했을 뿐이라고 생각해주세요. 악마 짓을 먼저 한 건 그 사람이고 전 떳떳합니다. 물론 그 사람은 자기 가게가 망한 게 저 때문이라곤 상상하지 못했을 거예요. 아이디며 전화번호며 목소리며 저라도 전혀 예상할 수 없게 접근했거든요. 자기가 벌 받는 이유도 모를 테니 꽤 고통스러웠겠죠. 부인이랑도 내 탓이네 네 탓이네 하면서 물건 던지고 싸웠을걸요? 그래도 양심이 있다면 자기 인생의 어느 부분을 반성해야 할지 한번쯤은 돌아봤을 거예요. 적어도 고통이라는 게 뭔지 조금쯤 알았을 테니까, 후회가 뭔지 약간이라도 깨달았을지 모르니까, 잘난 척하면서 남의 진심 어린 애원을 듣지 않은 결과가 어떤 파장을 낳았는지 간접적으로나마 느낄 테니까, 얻는 게 없다고는 할 수 없을 거예요.

그렇게 그 남자는 제 인생에서 사라졌답니다. 인과응

보가 명확한, 아주 적절한 퇴장이었죠. 그 일이 있고 나서 한동안 전 구름 위를 걷는 것 같았어요. 진정한 의미로 한 사람의 인생에 영향을 끼칠 수 있는 존재가 된 것 같더라구요. 인플루언서가 그런 뜻이라면서요. 영향을 끼치는 사람. 전 그냥 영향을 미치는 정도가 아니라 신이 된 것 같은 느낌마저 받았다니까요.

근데 있잖아요. 그뒤부터 약간 이상한 증상이 생기기 시작했어요. 내가 저지른 짓들을 내 안에 가두기엔 내 몸뚱이가 너무 좁아서였을까요. 어느 날인가부터 정신이 머리 안팎으로 왔다 갔다 하는 느낌이 들더라구요. 가끔은 몸 밖으로 혼이 빠져나오기도 하고 또다시 안으로 빨려 들어가고. 맞추지 않은 퍼즐 조각을 커다란 자루 안에 털어 넣은 것처럼, 저라는 사람이 조금씩 고장 나기 시작한 거예요.

여러가지 방법을 써봤지만 별로 소용은 없었어요. 더이상 남의 인생을 좌지우지하는 신 노릇을 할 에너지도 없었구요. 이게 아닌데, 내가 원하던 건 이게 아닌데, 대체 어떻게 된 거지 싶기만 했어요. 내가 향하던 곳은 저쪽이었는데 이상한 물결에 휩쓸려서 완전히 엉뚱한 좌표까지 떠내려온 것 같았어요. 전 다시 산뜻하고 쾌적한 삶을

살고 싶었어요. 그 모든 일이 있기 전으로 돌아가서 말이
에요.

그래서 한동안 닫아두었던 계정을 다시 열었어요. 완
전히 새롭고 다른 모습으로요. 채널 수도 늘렸죠. 어떤 채
널에선 손만 나오고 어떤 채널에선 발만 나와요. 또 어딘
가에선 머리끝부터 발끝까지 보정된 상태로 시를 읽구요,
다른 채널에선 검은 화면 위에 조잡한 목소리로 더러운
인생 이야기를 풀죠. 근데 웃긴 건요, 그 어디에도 진짜 내
가 없다는 거예요. 분명 내 흔적을 여기저기 남겼는데, 밭
에 씨 뿌리듯 성실하고 부지런하게 나라는 사람을 심어놨
는데 그것들을 다 모아 붙여도 내 전체 모습이 되지 않아
요. 이럴 때 부캐,라는 말을 쓰면 되는구나, 깨닫고 나니까
마음이 좀 놓이긴 하더라구요. 위태위태한 정신 상태를
그냥 부캐,라고 말해버리면 그럴싸하고 힙해지기까지 하
니까. 나한테는 능력 따라 기분 따라 이렇게 저렇게 둔갑
하는 여러개의 분신이 있다, 생각하면 그만이니까요. 요
즘 그런 새로운 단어들이 생겨서 참 다행이에요.

근데요, 그래도 가끔은 그냥 한덩이, 하나인 나에 대해
생각해보기는 해요. 진짜 나는 어디에 있는 걸까. 내가 만
든 조각들 중에서 나랑 제일 가까운 건 어느 걸까, 어디까

지가 나인 걸까…… 답이 없는 고민을 계속 하다보면 머리가 지끈지끈 아파온답니다. 지긋지긋하단 생각도 들고 끔찍하다는 생각도 얼핏 스치죠.

어느 날은 밖에 나온 기억도 없는데 정신을 차려보니 제가 어떤 건물 앞에 서서 괴성을 지르고 있더라구요. 사람들이 저를 쳐다봤지만 그렇게 부끄럽지는 않았어요. 아무도 날 모를 테니까요. 그 사실이 조금 낯설긴 했죠. 날 안다는 사람이 분명 많았던 것도 같은데, 뒤돌아서면 날 아는 사람은 단 한명도 없고, 나조차 날 모르겠고, 어떻게 보면 사지가 나뉘어 창고 안에 처박힌 마네킹 같기도 하고, 아무렇게나 이어서 꿰맨 헝겊 인형 같기도 하고, 아, 막 외롭고 슬프고 이것 참 복잡하네, 그런 기분이랄까요?

그런 생각이 어지럽게 머릿속을 오가는 동안에도 거리의 그 이상한 여자는 계속 비명을 지르고 있었어요. 왜, 처음에 말한 그 초밥집 있죠? 그 가게 유리창에 비친 괴물 한마리가 너야, 너야, 너야,라고 소리치고 있더라구요. 사람들은 경악한 눈빛으로 바라봤죠. 저 말고 그 괴물을요. 걱정 마세요. 그다음은 블랙아웃돼서 기억에 없으니까요.

요즘도 가끔씩 어디선가 찬바람 새어 들어오듯 불안한 생각들이 가슴을 옥줘요. 하지만 그럴 땐 약을 한움큼 입안에 털어 넣곤 날 향한 응원의 댓글들을 확인한답니다. 그리고 기분 나쁜 생각들에서 최대한 빨리 빠져나오려고 노력하지요. 부정적인 기운에 사로잡혀 살기엔 인생이 너무 짧잖아요. 아 참, 그러고 보니 명동의 그 초밥집엔 아직도 못 가봤네요. 언젠가 제가 정말 그 집의 초밥을 먹을 만한 존재라는 생각이 들면, 스스로에게 너 잘했다, 칭찬한다, 진정한 의미의 선물을 받을 자격이 있다, 그런 생각으로 가보려고 해요. 그런 날이 꼭 오겠죠?

그런데 피디님은 이런 얘길 왜 듣고 계시는 거예요? 이게 괜찮은 얘기 같아요? 그렇게 생각하시니까 이렇게 취재까지 하시는 거죠? 제가 한 말 중에 어디서부터 어디까지 나오는 거예요? 제 마음이 제대로 전달될까요? 근데 설마 이 얘길 다 믿으시는 건 아니죠? 이 쓰레기 같은 얘기가 전부 진짜일 리가, 제가 그런 한심한 인간일 리가 없잖아요. 재미있으면 된다고 해서 적당히 꾸며본 거라는 거 아시죠? 뭐, 생각해보니까 상관없겠네요. 어차피 피디님이 블러 처리하고 음성 변조하고 원하는 방향대로 편집할 거잖아요. 원래 얘기가 어떤 거였는지, 어디서부터 시작해서 어디에서 끝났는지 알 수 없을 만큼 새로운 이야기가 탄생할 거잖아요. 그러니까 괜찮아요. 이 세상 누가 인정해주지 않더라도 나만은 나를 아니까, 조각조각 갈라졌어도 내가 나라는 건 내 마음이 증명해주니까, 괜찮아요. 그냥 이것만 기억해주세요. 전 남들과 비슷했던 것뿐이에요. 좋은 소리 듣고 싶고 칭찬받고 싶고, 그리고 사랑받고 싶었다구요. 피디님도 마찬가지니까 제 앞에 앉아 계시는 거잖아요. 이런 미천한 얘기라도 성공시키면 유능한 피디님이 되실지도 모르니까, 그럼 혹시라도 어딘가에서 주목받고 인정받고 유명해질지도 모르니까, 그러면 또 하루하루가 그럴듯하게 살아질 테니까, 그쵸? 사람이 다 거기서 거기잖아요. 그러니까 저도 아주 평범한, 보통의 사람일 뿐이랍니다. 피디님도 그렇게 생각하시죠? 네, 그럼요, 아무도 감히 그렇지 않다고 말하지 못할 거예요. 절대, 절대로요.

조망

도시는 언제나 빛났다. 낮이면 유리창에 반사된 햇빛이 먼 산자락까지 닿았고, 밤이면 네온사인이 어둠을 밀어내며 깜박였다. 하나의 거대한 발광체처럼 도시는 스스로를 밝혔다. 그곳에 산다는 건 무언가의 증명이었다. 허허벌판에 세워져 누구도 성장을 예견하지 않은 도시. 도시의 이름은 명함이었고 긍지의 상징이었다.

도시 한복판의 호수는 절반은 자연, 절반은 인공의 산물이었다. 여름에는 해수욕장을 방불케 할 만큼 많은 인파가 몰려 태양을 즐기고, 겨울엔 얼어붙은 호수 위로 스케이트 날이 반짝였다. 애초에 이곳은 물을 품도록 생긴 땅이었다. 오래된 지도를 펼치면 파란 선과 옅은 음영이 겹쳐져 있었다. 누구나 알았다. 이 도시는 단단한 땅이 아니라 한때 분지였던 곳을 억지로 길들여 그 위에 세워졌다는 걸. 그럼에도 하천 자리에 도로가 뚫리고 논과 습지를 메운 자리에 호수가 내려다보이는 아파트가 들어서면서 모두의 희망은 높이 쌓여갔다. 사람들은 더 높이 더 거대하게 쌓아 올리는 일을 멈추지 않았다.

도시로 향하는 길에는 경계가 하나 있었다. 도시로 들어가는 자와 빠져나가는 자를 가르는 협소한 목구멍 같은 톨게이트였다. 끝없이 이어진 차량이 밀물과 썰물처럼 통로를 드나들었다. 그곳에 유리로 둘러싸인 작은 부스가 있었다. 작은 창문을 통해 하루 종일 팔이 그 안팎을 오갔다. 팔을 뻗어 카드를 거두고 결제를 마친 카드를 다시 내민다. 끊임없이 그 과정을 반복하는 것. 그것이 수하의 일이었다. 차들이 일정한 리듬으로 브레이크를 밟는 동안 창문 너머로 무표정한 얼굴들이 흘러갔다. 일과 끝에 남는 것은 팔의 무게와 몸을 짓누르는 피로뿐이었다.

수하의 하루는 새벽에서 낮까지, 낮에서 밤까지, 밤에서 다시 새벽까지 세 토막으로 나뉘었다. 화려한 도시의 입구에 앉아 그녀는 빛을 향해 몰려드는 차들을 감정 없이 맞이했다. 끊임없이 이어지는 날카로운 배기음이 더이상 소음으로 느껴지지 않은 지도 오래였다. 그곳에서 수하는 여름의 열기와 겨울의 냉기를 고스란히 느꼈다. 몇

안 되던 가까운 자리의 동료들은 차츰 사라졌고, 먼 곳에서 근무하는 동료들과는 마주칠 일이 드물었다. 교대인과 차 안의 승객들 외에 사람을 대면할 일은 거의 없었다. 어쩌다 차가 한대도 보이지 않을 때, 텅 빈 차도에 자기 혼자라는 걸 섬뜩하게 자각할 때조차도 수하는 자신이 여태 이곳에서 버텨낸 사람이라는 사실이 실감 나지 않았다. 그러나 이 놀랍도록 단조로운 직업생활을 영위하는 게 전적으로 운의 작용 덕택이라고 누군가가 말해줬다면 수하는 누구보다 빨리 수긍했을 것이다. 행운과 불운의 줄다리기에 대해서라면 자신만큼 잘 아는 사람은 없을 거라고 수하는 비밀스럽게 생각하곤 했다.

지루한 목요일 오후, 비가 내리기 시작했다. 오랜만의 비였다. 잔잔하게 시작된 보슬비가 점차 굵어졌다. 수하가 유리창 너머 대각선 방향을 흘깃거렸다. 도로 건너편으로 황톳빛의 원형 건물이 보였다. 15년쯤 전, 쇼핑몰로 만들어졌다가 왜인지 공사가 중단된 채 그대로 세월 속에 방치된 건물이었다.

빗줄기가 가늘어질까봐 조바심이 일었지만 다행히 아직 그럴 기미는 보이지 않았다. 수하는 차오르는 흥분을 누르며 퇴근 시간이 되기만을 기다렸다가 퇴근 후 곧장 건물을 향해 걸어갔다. 건물 안으로 들어가는 그녀의 모습을 아무도 보지 못했다. 봤다 한들 뇌리에 각인될 만한 장면도 아니었기에 그녀는 언제나 스스로의 익명을 자신했다. 수하는 어두운 로비를 지나 문 뒤에 숨은 가파른 계단으로 향했다. 전기도 들어오지 않았지만 일정한 간격으로 뚫린 창으로 스며든 미약한 빛이 그녀의 발걸음을 비췄다. 수하는 허기도 잊은 채 계단을 올랐다. 돌고 도는 나선의 계단을 따라 올라가느라 쨍한 어지러움을 느끼면서도 걸음을 멈추지 않았다. 숨이 찼지만 곧 느끼게 될 감각에 대한 기대감이 발을 앞으로 나아가게 했다.

마침내 20층에 오른 수하가 무거운 방화문을 밀었다. 이제 그녀는 건물의 꼭대기 층에, 실패한 청사진의 중심에 서 있었다. 수하는 창을 향해 다가갔다. 기둥 사이사이가 비어 있어 세찬 바람이 불어들었다. 이곳에서는 모든 것을 한눈에 내려다볼 수 있었다. 층 전체를 통창이 파노라마처럼 감싸고 있어 위치를 옮길 때마다 발아래로 보이는 풍경이 조금씩 바뀌었다.

자신이 일하는 작은 요금소가 놓인 좁은 병목을 통과하려는 자동차들, 그리고 그 너머로 펼쳐진 도시가 한눈에 들어왔다. 먼 곳의 네온사인과 아파트의 불빛이 점멸했다. 강도를 더해가는 빗줄기 속에 차량의 속도가 줄어드는 모습이 실시간으로 느껴졌고 차들이 뿜어내는 붉은 빛이 번져 야경을 만들었다. 수하는 작게 숨을 토했다. 눅눅한 비 냄새가 짙었으나 수하가 내뱉는 숨은 어느 때보다도 개운했다. 이러한 감응을 느끼기 위해 비를 기다린 것이었으므로 당연했다.

수하가 이 건물에 처음 오른 날에도 비가 쏟아졌다. 퇴근 전부터 비가 내렸고 그날만큼은 한시바삐 이 좁은 공간을 탈출하고 싶었다. 설령 비를 흠뻑 맞는 일이 있더라도 말이다. 요금소 밖으로 발을 디뎠을 때 수하는 고개를 들었다. 늘 그곳에 있던 황톳빛 건물이 왜인지 눈길을 사로잡았다. 건물은 풍경의 일부처럼 그 자리를 차지했지만 누구도 범접하지 못하는 그림 속의 성역 같은 곳이었다. 수하는 그곳으로 목적지를 정했다. 그녀의 인생에 대한 답을 내려줄 공간으로 적당해 보였다.

그날은 유독 아무것도 달라지지 않을 거라는 예감이 끈질기게 따라붙은 날이었다. 새벽 출근길에 들은 상사의 한마디, 통장에 남은 숫자, 일년 넘게 미뤄온 치과 진료 같은 사소한 것들까지 한꺼번에 무게를 늘려가는 느낌이었다. 어떻게든 버티다보면 조금은 나아질 거라는 막연한 기대는 사라진 지 오래였다. 이대로 몇해가 더 지나면, 자신에게 오늘과 전혀 구별되지 않는 날들을 견딜 힘조차 남지 않을 거라는 걸 수하는 알고 있었다. 현실에서 발을 떼어버릴 수만 있다면, 자신을 짓누르는 무게에서 벗어날 수만 있다면 그 어떤 것도 감당할 수 있을 것 같다고 생각했던 그날, 수하는 가벼워질 각오가 돼 있었다. 그녀는 바닥으로 던져지기 위해, 중력을 이용해 중력에서 자유로워지려는 일념을 품고 계단을 하나하나 밟았다. 이유를 하나하나 따지는 건 무의미했다. 삶이 자신을 이곳까지 몰아온 것뿐이었다.

1층에 들어서자 해묵은 시멘트 냄새가 코를 찔렀다. 불쾌하지는 않았다. 건물이 뿜어내는 예기는 비의 습도로 인해 무겁게 내려앉아 차라리 안온했다. 수하는 작동하지 않는 엘리베이터를 지나 뻥 뚫린 비상구 계단으로 몸을 틀었다. 가장 높은 곳에 다다를 때까지 그녀는 한번도 속도를 늦추지 않고 자동인형처럼 일정하게 걸었다. 어느새 다리에 빗물의 흔적이 느껴지지 않았다. 이제 수하는 꼭대기 층에 서 있었다. 멋진 레스토랑이나 연회장을 염두에 두고 설계된 곳인 듯했으나 눈에 보이는 건 녹슨 공구와 건축 자재뿐이었다. 수하는 천천히 통창 앞에 섰다. 그 사이의 통로는 사람이 빠져나갈 수 있을 정도로 충분히 넓었다. 하지만 이내 그녀는 실행하려던 계획을 잊고 아래로 시선을 빼앗겼다. 수하는 자신이 일하는 공간과 그를 향해 몰려드는 차량의 행렬을 바라봤다. 먼 곳으로 시선을 옮기자 쭉쭉 뻗은 아파트와 빌딩 숲이 황금빛으로 일렁이며 시야를 어지러이 메웠다.

거리의 사람들도 눈에 들어왔다. 그림책 속 삽화처럼 그들은 우산을 방패 삼아 힘겨운 걸음을 내디디며 허둥지둥했다. 강풍에 행인의 우산이 뒤집히는 걸 본 수하의 입에서 작은 웃음소리가 흘러나왔다. 영화보다도, 언젠가 딱 한번 탄 비행기에서 본 풍경보다도 더 짜릿하고 실감났다. 비행기의 풍경은 세상을 장난감처럼 보이게 하기에 충분했지만 기체가 구름 안으로 진입하는 순간, 하얗고 지루한 풍경이 조금 전의 재미를 앗아갔다. 그런데 이곳에서는…… 수하는 작게 숨을 몰아쉬었다. 언제까지고 아래를 내려다볼 수 있다. 수하는 걸음을 옮기며 눈에 들어차는 것들을 감상했다.

삽시간에 빗줄기가 강해졌다. 시작하자마자 절정으로

치달은 곡처럼 비는 거센 빗금을 그으며 무자비하게 쏟아져 내렸다. 나무들이 커다란 궤적을 그리며 어지럽게 흔들렸고 자동차들은 우물쭈물했다. 수하의 요금소도 비를 맞고 있었다. 하지만 그 안에 머물렀을 때처럼 답답하지 않았다. 비는 무언가를 무화시키고 있었다. 눈 아래로 보이는 모든 것들이 똑같이 낮고 보잘것없었다. 비가 거세질수록 폭풍 같던 마음은 오히려 사그라들었다. 수하는 예상치 못하게 잔잔해진 마음으로 건물을 내려왔다. 그날의 목표를 이루지 못했지만 무언가가 조금쯤 해소된 기분이었다.

그뒤로 수하는 종종 건물 꼭대기에 올랐다. 그러나 곧 자신이 원하는 게 단지 내려다보는 감각이 아니라는 걸 깨달았다. 화창한 여름날 건물에서 보이는 풍경은 지루했다. 모든 게 부드럽고 원활할 뿐이었다. 한동안 건물에 발길을 끊었던 수하는 자신이 기대하는 조망의 감각이 거센 비를 동반할 때만 작동한다는 걸 알게 됐다. 그뒤부터 수하는 비를 기다렸다. 보슬비는 답답했다. 내리다 마는 비로는 성에 차지 않았다. 장대비, 모든 걸 지워버리는 커다란 비. 수하는 언젠가 경험했던 그 끔찍한 기억을 자신이 되새기고 싶어한다는 걸 어렴풋이 느끼고 있었다. 누구에게도 말할 수 없는, 어떤 이도 이해하지 못할 비밀이었다.

한편 도시는 연초부터 술렁였다. 작년에 이어 올해에도 호수 일대에서 빛과 물의 축제를 연다는 소식 때문이었다. 호수를 중심으로 도시를 반짝이는 빛으로 장식한다는 것이 축제의 개요였다. 물론 반발도 만만치 않았다. 역사도 없는 이 젊은 도시에 그렇게 큰 예산과 인력을 쏟아붓는 건 과하다는 여론 속에, 행사와 관련된 기관 관계자 중 절반이 이 도시 주민이라는 소문이 돌았다. 그러나 그 모든 수군거림은 바람을 만난 불길처럼 관심을 더 부풀렸을 뿐이다.

수하는 지난해의 인파와 그날의 혼잡을 생생히 기억했다. 차들은 파도 속의 모래알처럼 끊임없이 밀려들었고 톨게이트를 지나는 사람들은 모두 들떠 보였지만 수하는 그들의 즐거움을 단 한 조각도 나누어 받을 수 없었다. 도시는 그녀에게 위화감을 안겼다. 단 한번, 도시 안쪽으로 들어갔던 날을 생각하면 수하는 자신도 모르게 움츠러들곤 했다.

그날은 해가 찬란하게 빛나는 초여름이었다. 예기치 않은 빠른 퇴근으로 한낮에 요금소를 나선 수하의 가벼운 발걸음은 목적도 없이 낯선 곳으로 향했다. 도시의 입구에서 시작되는 작은 구릉을 넘자 발아래로 아늑한 풍광이 펼쳐졌다. 고르게 깔린 잔디를 낀 호수에 백조와 청둥오리가 떠다녔다. 세일러 모자를 쓴 아이가 젊은 엄마와 함께 빵을 뜯어 새들에게 던지고 있었다. 햇빛은 온화했고 구름이 한가로이 하늘을 가로질렀다. 하지만 그림엽서처럼 완벽한 풍경 속에서 수하는 불편을 느꼈다. 삽화 속 세계에 혼자 남루한 실사로 들어온 듯 이질적인 존재가 된 기분이었다. 이곳에는 아우성도 싸움도 불화도 없을 듯했다. 수하는 뒷걸음치듯 서둘러 요금소로 돌아왔다. 탁 소리가 나게 문을 닫고 난 순간 그녀는 사방을 에워싼 작은 벽이 자신의 공간이라는 사실을 온몸으로 자각했다. 갑갑함이 밀려드는 동시에 마음이 놓였다. 수하는 도시로 향하는 차들을 보며 생각했다. 자신이 그 세상에 머무는 사람들과 같아지기 위한 방법은 두가지뿐이라고. 그들만큼 행복해지거나, 그들이 자신만큼 비참해지거나. 전자는 애초에 불가능했다. 그렇기에 남은 방법은 하나뿐이었다.

사실 그 생각의 씨앗은 아주 오래전 심어졌다. 아이였을 때, 수하의 집은 언덕 위에 있었다. 작고 기울어진 집안에서 부모는 매일 다퉜다. 이유는 수없이 많았지만 대개 돈 때문이었다. 가난이 선량한 본성을 어디까지 해칠 수 있는지 아이는 두 부모를 통해 차근차근 배워나갔다. 비가 올 때면 낡은 천장에서는 물이 샜고 벽지의 검은 자국은 소리 없이 번져나갔다. 어린 수하는 똑바로 누워 천장의 검은 자국이 후퇴하기를, 적어도 그 자리에서 멈추기만을 바랐다. 하지만 검은 자국이 천장의 절반을 넘어서자 조마조마했던 마음은 체념 섞인 절망으로 바뀌어갔다. 비가 몰아칠 때마다 자국은 조금씩 번졌고, 사나운 비와 창문을 흔드는 바람 소리로도 부모의 고성과 흐느낌을 가릴 수 없었다. 더 견디기 힘들었던 건 자신을 바라보는 부모의 눈빛이었다. 당장이라도 깨질 것 같은 불안에 사로잡혀 있으면서도 다 잘될 거라고, 모든 게 괜찮아질 거라고 말하던 연약한 다독임. 수하는 현실과 전혀 어울리지 않는 이야기를 하는 그들을 뚫어지게 바라봤다. 어디까지 거짓을 말할 수 있는지 지켜보겠다는 듯 눈도 깜짝않고 달콤한 말을 뱉는 그들의 갈라진 입술을 집요하게 올려다봤다. 그러고 나면 으레 비슷한 일이 벌어졌다. 부모는 심판이 된 아이를 견디지 못했다. 수하는 벽으로 밀쳐지거나 부딪혔고 몇 차례 버티다 결국은 나동그라졌다. 끝끝내 굴복하며 배 아래에서부터 나오는 거짓, 즉 잘못

했다는 말을 기계처럼 욀 때 수하는 검은 천장을 노려봤다. 이미 검게 얼룩이 번진 벽은 절대로 하얗고 깨끗해질 수 없었다. 그러고 나서도 비는 계속 내렸다. 물을 받기 위해 세워둔 양동이로 똑똑 물이 떨어지는 소리가 무심하리만큼 규칙적이었다. 어린 수하는 천장을 보며 빌었다. 무너져라. 무너져라. 차라리 싹 다 무너져버려라.

어느 여름 끝, 가을 초입에 비가 내렸다. 수하는 산등성이에 올라 비를 맞다가 기울어진 컨테이너 건물 안으로 들어가 잠이 들었다. 눈을 뜬 건 물이 발목을 적셨을 때쯤이었다. 어느새 비는 그치고 바람은 습했다. 수하는 눈을 비비며 바깥으로 나와 언덕 위에 섰다. 마을이 물로 가득 차 있었다. 젖은 판자들이 가로로 누웠고 사람과 개, 오토바이와 리어카가 떠다녔다. 부모가 화를 못 이기면 서로를 향해 던지던 목각 베개가 물 위로 유유히 흘렀다. 수하는 넋을 잃고 그 광경에 빠져들었다. 그녀가 잠든 사이 내린 엄청난 비가 빚어낸 세상을, 모든 것이 같은 표면 위에 놓여 있는 모습을 끝없이 바라봤다. '공평하다'는 단어를 눈으로 실감한 것은 그때였다. 비는 높낮이를 지웠다. 남은 건 모두가 함께 맞이한 한 줄의 바닥뿐이었다. 수하는 이제까지의 삶이 깨끗하게 제거됐다는 것을 알 수 있었다.

그후로 수하의 인생은 다시 출발선상으로 돌아갔다. 많은 이들이 집과 부모를 잃은 아이를 동정의 눈으로 대했지만 수하의 생각은 달랐다. 그녀는 앞으로 나아갔다. 외부에서 주어지는 도움과 지원이 결코 넉넉하다고 할 수는 없었지만 적어도 희망이란 걸 송두리째 앗아가던 지긋지긋한 손길, 천장의 검은 자국은 영영 사라졌다. 손과 뺨이 시렸지만 때때로 맑은 하늘을 바라볼 수 있었다. 설령 그 종착지가 고작 현재의 작고 좁은 요금소라 하더라도, 어린 날의 그 비가 아니었다면 이곳에조차 도달할 수 없었을 거라고 수하는 확신했다. 검은 곰팡이가 하늘을 좀먹는 곳에서 끝내 완전한 어둠에 잠식당했을 것이다. 그러므로 수하는 그날의 비에, 모든 것을 새롭게 시작하게 한 비에 감사했다.

그리고 어느 순간부터 그녀는 다시 비를 기다렸다. 어린 시절은 이미 아주 오래전이었고 수하의 삶은 한때 그녀가 그렸던 것에서 점점 더 궤도를 이탈하고 있었다. 기울어진 세상을 바르게 만들 것은 하나밖에 없었다. 수하는 막연하고 강렬하게 그것을 기다렸다.

축제의 날이 밝았다. 무언가의 전조처럼 도시 주변은

적막했다. 땅 아래에서 올라온 것 같은 무거운 정적이 공기 중에 옅게 번졌다. 새벽에 예고된 비 소식이 갑자기 호우주의보로 바뀌었다. 그럼에도 자치단체는 호수 상류의 댐이 비를 충분히 저장할 수 있을 거라는 계산과 함께 축제가 예정대로 진행될 것임을 알렸다. 추가된 공지는 기껏해야 드론 쇼가 취소될 수 있다는 내용 정도였다. 그 사실을 아는지 모르는지 차들이 밀려들었다. 정오가 지나고 하늘이 저녁처럼 어두워졌을 때 수하는 메시지를 받았다. 호수 방면 진입로 2시 이후 부분 차단. 요금소 정상 운영. 요금소 앞에 멈춘 차창 너머의 얼굴들에는 피로와 기대가 뒤섞여 있었다. 이 지루한 정체만 지나면 환희가 기다리고 있으리라는 기대가 엿보였다.

하루가 길 것 같은 예감에 기지개조차 켜지 못한 채 말린 몸으로 앉아 있을 때였다. 문을 두드리는 소리에 이어 곧바로 입구가 열렸다. 평소에 거의 볼 일이 없는 소장이 숱 적은 머리를 손수건으로 닦으며 숨을 몰아쉬고 있었다. 그의 손은 예닐곱살가량 돼 보이는 아이의 어깨에 올려져 있었다. 물기 없는 입술을 굳게 닫은 아이는 나이에 맞지 않게 음울한 표정으로 큰 눈을 천천히 끔벅거렸다. 아이의 눈을 보는 순간 왜인지 수하의 머릿속에 오래전 검은 천장의 얼룩이 떠올랐다. 그것만으로 마음이 약간 어지러웠다. 자초지종을 설명하는 소장은 여러번 얼굴을 문질렀다. 경위는 간단했지만 소장은 설명에 시간을 끌었다. 아이의 부모가 축제 주최 측 관계자라 급히 현장으로 들어가야 하는데, 아이를 맡길 곳이 마땅치 않아 평소 안면이 있던 소장에게 부탁했다는 것이었다. 소장은 자신이 혹시 모를 통제 상황에 대비해야 하니 수하가 아이를 맡아줬으면 한다고 툭 말을 맺었다.

——여기서요?

수하가 되물으며 눈썹을 찌푸렸다. 축제를 주관하는 쪽에 더 적합한 아동보호 시설이 있을 것 같았다. 소장은 축제에서 아이를 맡고 있는 모양새가 썩 '예뻐 보이지는' 않을 거라며, 해당 이야기는 자신의 견해가 아니라 공식적인 주최 측, 즉 아이의 부모가 남긴 의견이라는 말을 덧붙였다. 어찌 됐든 그도 윗선의 청탁을 거절하기 곤란한 처지인 듯했다. 소장은 아이를 밀어 넣으며 한마디를 남기곤 사라졌다.

——딱 두세시간이면 돼.

아이와 둘이 남게 되자 공간은 더 협소하고 답답하게 느껴졌다. 아이는 한동안 몸을 꼼지락대더니 어느 순간부터 수하가 카드를 받아 계산을 하고 돌려주는 모습을 집요하게 지켜보기 시작했다.

— 재밌겠다.

마침내 아이가 말했을 때 수하는 언짢은 얼굴로 아이를 돌아봤다. 성가셨다. 하지만 아이의 눈에 악의가 전혀 담겨 있지 않은 것을 확인하고는 마음을 고쳤다.

— 해볼래?

수하는 아이에게 카드를 건네고 승인 버튼을 누르게 했다. 초록불이 들어오고 자동차가 빠져나가자 아이의 입에서 맑은 탄성이 흘러나왔다. 조금 전의 그늘진 기운은 완전히 걷혀 있었다.

— 진짜 재미있어요. 커서 이런 일 하려면 어떻게 해야 되는 거예요?

아이가 물었다. 이런 일이라. 답을 알 것 같기도 하고 모를 것 같기도 했다. 수하가 답을 망설이는 동안 바깥의 비는 한 겹 더 굵어졌다. 요금소 위로 쏟아지는 빗소리는 동시다발적으로 터지는 포탄의 소리를 연상시켰다. 수하는 보온병을 꺼내 아이에게 따뜻한 물을 건넸다. 아이는 컵을 두 손으로 받아 몇모금을 마신 뒤 유리창에 작은 손을 가만히 올려놓았다. 아이의 손 주변으로 하얀 띠가 생겼다. 따뜻한 아이구나. 아이의 체온이 만들어낸 자국을 보며 수하는 생각했다. 그런데 어째서 이런 날 혼자 남겨지게 됐을까.

문득 붉은 불빛이 소리도 없이 하늘을 향해 날아올랐다. 곧이어 펑 소리와 함께 구름 위로 불꽃이 새겨졌다. 멀리서 사람들의 탄성이 희미하게 들렸다. 경보가 울린 건 그 바로 뒤였다. 도심 진입로 전면 통제. 요금소 차단.

도시로 들어가겠다고 고집하는 마지막 차를 보내고 나서 수하는 차단봉을 완전히 내렸다. 메시지가 짧게 울렸다. 진입로 전면 통제. 임시 바리케이드 설치. 현장 인원 직접 조치. 평소라면 도로 관리반이 나왔을 일이었지만 오늘은 모두 호수 쪽으로 빠져 있었다. 수하는 우산도 쓰지 못한 채 매표 부스 옆에 세워둔 플라스틱 방호벽과 트래픽콘을 하나씩 끌어내 도로 한복판으로 옮겼다. 물은 벌써 발목을 적시고 있었다. 방호벽이 빗물에 떠내려가지 않도록 모래주머니를 끌어다가 밑동마다 올려놓는 동안 상류에서 불어오는 바람이 옷깃을 뒤집어 넘겼다. 마지막 모래주머니를 간신히 올린 후 수하는 흠뻑 젖은 몸을 돌렸다. 요금소 안으로 들어와 문을 닫자마자 무전이 또 울렸다. 비상 동선 가동.

수하는 창 너머로 보이는 하늘을 올려다봤다. 비를 뚫고 또다시 불꽃이 터지고 있었다. 먹구름을 배경으로 하늘 높이 올라가는 불꽃은 유난히 검붉었다. 어둠을 품은 먹구름 앞에 수하는 잠시 혼란스러웠다. 저 불꽃을 도시 안에서 바라보는 이들의 눈에는 먹 대신 해가 보이는 걸까. 우리의 눈에 비친 하늘과는 다른 모습인 걸까.

상류에서 비상 방류, 축제는 차질 없이 진행. 무전이 짧게 울렸다. 수하는 주변을 낯설게 둘러봤다. 우회시킨 차량이 빠져나간 텅 빈 도로를 빗줄기가 가득 메웠다. 몸속 깊은 곳에 숨어 있던 오래된 감각이 깨어났다. 오한이 든 것처럼 몸이 떨렸다. 수하는 아이의 손을 낚아채듯 잡고는 요금소에서 빠져나왔다. 그녀는 먹구름을 믿었다.

문을 나서자 물은 이미 정강이 위까지 차올라 있었다. 도로 표면이 사라지고 차선이 흰 물뱀처럼 물속에서 흔들리며 물결쳤다. 수하는 아이를 안아 올려 건너편 건물의 계단을 향해 걸음을 옮겼다. 얼굴을 때리는 점도 높은 빗방울이 따가웠다. 겨우 건물 안으로 들어가 첫번째 계단을 밟았을 때 아이가 떨리는 목소리로 말했다.

─ 집에 가야 해.

수하는 숨을 고르고 아이의 머리 뒤를 가볍게 감쌌다.

──잠깐만. 더 높은 데로 가자. 거긴 안전해.

계단을 오르는 동안 수하는 아이를 안았다가 업었다가 결국은 함께 걸었다. 그렇게 20층에 다다라 문을 열자 거센 바람이 수직으로 올라붙었다. 젖은 시멘트와 눅눅한 폐허의 냄새가 호흡을 더디게 했다. 360도를 내려다볼 수 있는 미완의 공간에서 통창 사이마다 빗줄기가 칼날처럼 드나들었다. 세상이 그들의 발아래에 있었다.

와, 아이의 입에서 소리가 새어나왔다. 수하는 아래로 내려다보이는 장면이 자신의 작품이라도 된 것처럼 천천히 고개를 끄덕였다.

──저기가 우리 집이에요.

아이가 중얼거렸다. 아이의 손가락은 도시 한가운데 솟아 있는 높다란 빌딩 숲을 가리켰다. 도시를 대표하는 아파트였다.

──좋겠네. 좋은 데 살아서.

수하의 말에 아이는 잠시 침묵했다.

──예전에는 망아지가 있었어요. 이사 오기 전에는요.

──망아지?

아이가 고개를 끄덕였다.

──이름은 퓨리예요. 털이 북슬북슬하고 귀여운 망아

지였어요. 우리 집 마당이 엄청 커서 퓨리랑 같이 달리고 놀았는데. 근데 퓨리를 팔고 여기로 왔어요.

—그렇구나.

수하가 천천히 대꾸했다.

—옛날이 더 좋아요. 옛날에는 엄마 아빠가 안 싸웠거든요.

아이의 목소리가 시무룩해졌다. 아이는 궁금한 걸 묻듯 수하를 올려다보았다.

—근데 있잖아요. 빌린 걸 못 돌려주면 어떻게 돼요?

—응?

—엄마가 그랬거든요. 아빠가 뭘 빌렸대요. 근데 빌린 걸 잃어버려서, 다른 사람한테 또 빌렸대요. 그러고 나서 다른 사람한테 빌린 걸 또 잃어버려서 다시 다른 데서 또 빌렸대요.

—그래?

—네, 그래서 다들 아빠를 기다린대요. 집집마다 양말을 걸어두고 아빠가 빌려 간 걸 돌려주기를 기다린대요. 산타할아버지를 기다리는 것처럼요.

아이가 까르르 웃었지만 수하는 따라 웃지 않았다. 그러자 아이의 표정이 금세 어두워졌다.

——……거짓말인 거 알아요. 재미있는 얘기인데 아무도 안 웃으니까.

　아이가 창밖을 바라봤다. 수하는 입을 꾹 닫은 채 아이의 작은 등을 몇 차례 위아래로 쓰다듬었다. 그래, 재미있는 얘기가 아니야. 슬픈 얘기지. 끔찍한 이야기지.

　——괜찮을 거야.

　생각과 전혀 다른 말이 튀어나온 순간 수하의 머릿속으로 자신을 내려다보며 읊조리던 지친 부모의 얼굴이 떠올랐다. 오래전 그들이 어떤 심정으로 그 말을 뱉었을지를 갑자기 깨닫고 있다는 게 이상했다.

　——정말이에요? 정말 괜찮아져요?

　아이가 놓치지 않고 되물었다. 수하는 창밖을 바라봤다. 비 사이로 아름다운 조명이 비치는 도시가 번지고 있었다. 아니, 안 괜찮을 거야. 네 인생은 움푹 파인 곳에 위치한 저 도시처럼 아래로 폭삭 주저앉고 말 거란다. 그 속으로 고이는 건 우리가 피하고픈 모든 것이겠지. 저렇게 눈을 속이는 화려한 빛 대신 질척한 빗물과 갚을 수 없는 빚이 그 안을 채울 테고. 그리고 너는 늪에 빠진 것처럼 가망 없이 허우적댈 거야. 그걸 바꿀 수 있는 방법은……

　그 순간, 그러니까 수하가 마음속의 말을 맺기도 전 엄청난 소리와 함께 도시가 내려앉았다. 누군가가 거대한 숟가락으로 아이스크림을 떠낸 것처럼 도시 중심부의 지반이 둔탁한 소리와 함께 한번에 꺼졌다. 강렬한 진동이 발바닥을 타고 척추까지 올라왔다.

하지만 그뿐이었다. 수하가 발을 디딘 건물은 멀쩡했고 그녀는 영화관에 앉아 스크린의 영상을 감상하듯 그 감각을 전해 받았을 뿐이다. 저게 가능한 일인가. 수하가 반문하는 사이 눈앞의 광경은 빠르게 변해갔다. 범람한 호수의 물이 분화구처럼 파인 중심부로 폭주했고 도로의 물길은 마치 기억해둔 길을 찾듯 그곳을 향해 달려갔다. 건물의 지붕들이 낮아지고 광고판들이 물의 소용돌이치는 포말 아래로 사라졌다. 도시의 모든 사람이 동시에 외마디 비명을 지른 것처럼 짧고 강한 외침이 한번 울렸다. 그러고는 적막이 찾아왔다.

도시의 빛은 꺼지지 않고 물속에서 더욱 또렷하게 빛났다.

이상하리만치 조용했다.

이 정도의 붕괴라면 분명 더 많은 소리가 들려야 할 텐데,

고요가 모든 소음을 앗아간 자리에는

비와 바람 소리뿐이었다.

그리고 비는 계속 내렸다.

노크하듯

.

.

.

.

똑

똑

똑

똑

.

.

.

.

수하는 한순간 창에 비친 자신의 그림자와 물 아래 잠
긴 도시의 윤곽이 흐릿하게 중첩돼 보인다는 생각을 했
다. 어디까지가 실제 풍경이고 어디부터가 유리 위로 번
진 무늬인지 분간이 잘 가지 않았다. 눈을 꾹 감았다가 다
시 뜨면 모든 게 제자리로 되돌아가 있을지도 모른다는
엉뚱한 생각이 머리를 스쳤지만 그녀는 지금 보이는 광경
을 포기하고 싶지 않았다. 이 순간 중요한 건 이토록 생생
하게 전해지는 감각이었다.

네온사인은 수조 속 열대어처럼 알록달록하게 반짝였
다. 신호등은 초록과 빨강 빛을 교차로 물 위에 띄웠다. 높
은 건물들이 장난감처럼 힘없이 누워 있었다. 수하는 숨
을 들이마시는 것도 잊고 이 모든 광경에 압도당한 채 서
있었다. 수하의 심장 깊은 곳에서 오래된 박자가 살아났
다. 아이의 눈동자 위로 새로운 수평선이 번져 나갔다.

─퓨리는 어디 있을까?

아이의 목소리가 쨍하게 울렸다. 수하는 자기도 모르게 꽉 움켜쥐고 있던 아이의 어깨에서 손을 뗐다. 아이가 떠올리는 것이 망아지 한마리가 아니라 그애가 잃어버린 모든 것이라는 걸 알 수 있었다. 수하는 한쪽 무릎을 꿇고 아이의 시선에 눈높이를 맞췄다.

─다시 만날 수 있을 거야. 원래대로 돌아가는 거니까. 다 같이 처음 서 있던 자리로.

아이의 눈동자에 물에 잠긴 도시의 불빛이 작은 별처럼 박혔다.

─다 같이 처음으로.

아이가 읊조리듯 따라 한 말에 고개를 끄덕이며 수하는 자신의 마음을 진득하게 채운 게 무엇이었는지, 자신이 무엇을 기다려왔는지를 알아차렸다. 옳은 일이 벌어진 것뿐이었다. 아이가 떨리는 목소리로 속삭였다.

─그치만 무서운데.

아주 작은 소리였지만 공포가 마음의 문턱을 넘은 듯 아이의 목울대가 위아래로 오르락내리락했다. 수하는 깨달았다. 아이의 세계가, 아이의 부모가 맹렬하게 좇던 작고 안온한 세계가 아프게 침범되고 있다는 것을. 하지만 어쩔 수 없었다. 수하는 가능한 만큼의 진심으로 말했다.

— 괜찮아. 이렇게 위에서 내려다보면 아무것도 아니야. 그냥 신기한 장면일 뿐이야.

아이를 끌어안자 아이의 등뼈가 가볍게 떨렸다. 도시는 물속 어항이 되었고, 그 속에서 사람들이 오랫동안 쌓아 올린 것들이 부드럽게 유영했다. 간판이, 자동차가, 값비싼 소파가, 어린 시절 수하의 마을에서 떠내려오던 목각 베개보다 더 크고 값비싼 것들이 반짝이며 가라앉고 있었다. 수하는 빗소리 너머 낮고 둔탁한 울음 같은 것을 들었다. 그것이 도시의 헝클어진 절규인지 자신의 가슴속에서 울리는 소리인지 알 수 없었다. 아이의 눈이 수하를 올려다봤다.

— 이제 어떻게 돼?

아이의 목소리는 또랑또랑했다. 이 도시에 남아 있던 모든 질문이 아이의 물음으로 모였다. 수하는 잠시 눈을 감았다가 떴다.

— 걱정 마. 고민하지 않아도 계속 흘러가. 그냥 살아져.

비는 잦아들 기미를 보이지 않았다. 먼 곳에서 사이렌 소리가 들리기 시작했다. 수하의 손에 아이의 차가운 손끝이 닿았다. 기둥 사이로 매섭게 스미는 바깥 공기는 여전히 칼날 같았지만, 이제 그 칼날은 둘만을 겨누는 대신 세상 전체를 같은 날카로움으로 베어냈다. 이제 모두가 같은 무늬를 지니게 된 것뿐이었다.

─가자.

수하가 말했다. 그러자 이번에는 아이가 먼저 수하의 손을 잡았다.

계단을 내려가기 전 수하는 다시 한번 아래에 펼쳐진 세상을 바라봤다. 물 아래 잠든 도시가 점차 빛을 잃고 있었다. 마지막 빛이 꺼지는 순간 수하의 얼굴에 미소가 걸렸다. 자신을 짓누르던 모든 것이 전부 같은 높이로 눕는 광경을 이렇게도 조용히 내려다볼 수 있다는 건 참 재미있었다. 비는 계속 내렸고, 물은 평평했다. 그 위에서만, 다시 무엇인가를 세울 수 있었다.

통행증은 마스크

출근 시간을 앞둔 이른 아침, 카페의 줄은 문 앞까지 이어져 있었다. 도무지 이해할 수 없는 '한 문으로만 출입하기' 지침으로 인해 나가는 사람과 들어오는 사람이 한데 섞여 입구는 몹시 붐볐다. 붐비는 줄을 보면 항상 뭐 그리 대단한 커피라고, 하는 생각이 들었지만 그날 선미는 그 카페에서 만든 커피 한잔이 꼭 필요했다. 몽롱한 정신을 흔들어 깨워줄 강력한 카페인의 수혈이 간절했다.

선미의 바로 뒤에 두 여자가 서 있었다. 그들은 최근 방문한 샐러드 가게를 예찬하고 있었는데, 수다스러운 제스처와 커다란 목소리로 인해 관심 없는 정보가 귀에 상세히 들어와 꽂혔다. 덕분에 선미는 그 가게의 시시콜콜한 정보, 이를테면 맛, 가격, 인테리어, 종업원의 태도 및 결제 시스템에 대해서 훤히 알게 되어버렸다.

개맛있어. 개멋있어. 개좋아.

샐러드 가게에 대한 그들의 평가가 시종일관 긍정적이었음에도 불구하고 선미의 마음은 조금씩 불쾌해졌다. 신경을 곤두서게 하는 음량 때문이기도 했지만 줄이 짧아질수록 두 사람과 선미의 간격이 점점 가까워졌기 때문이다. 선미가 반발짝만 움직여도 그들은 무의식적으로 한 걸음을 옮겼고, 몸을 조금만 움직이면 바짝 따라붙어야 된다는 듯 다가섰기 때문에 어느새 셋은 일행으로 보일 지경이었다. 옷깃이 닿았고 '개'를 접두사로 사용한 단어들이 끊임없이 고막을 때렸다. 결국 선미는 참지 못하고 그들을 향해 말했다. 딴엔 예의 바른 목소리로.

"저, 거리두기 때문에 조금만 떨어져 서주시면……"

마무리는 생략한 채 대강 얼버무리고 얼른 몸을 돌렸다. 둘은 잠깐 멈칫하더니 한 걸음 물러섰다. 갑자기 날아든 정적 속에서 선미는 자신을 훑어보는 둘의 시선을 따갑게 느꼈다.

차례가 되자 선미는 주문을 했다. 직원이 매장에 머무를 거면 큐알코드를 찍어달라고 요청했다. 선미가 휴대폰을 찾아 가방을 헤집는 사이 두 사람의 짧았던 침묵도 종료됐다.

"푸흡."

"완전, 직원인 줄 알았네."

"아닌 거였어?"

"개황당."

"내 말이."

선미는 모른 척했으나 삽시간에 얼굴이 달아오르는 게 느껴졌다. 마스크로 얼굴을 가렸다는 사실이 다행일 뿐이었다. 두 여자는 세발짝쯤 떨어진 채 선미를 바라보며 노골적으로 화를 표했다. 그들의 뒤에 서 있던 손님이 조금 앞으로 가달라고 하자 커다란 목소리로 이렇게 말하기도 했다.

"저분이 떨어져서 서래요."

눈앞에서 욕을 하는 거나 마찬가지였다. 간신히 큐알코드를 찍은 선미는 말없이 돌아섰다. 선미가 줄에서 비켜설 때 그들은 코웃음에 실어 마지막 한방을 날렸다.

"개짜증."

긴장해서 잔뜩 솟아오른 어깨 위로 가방을 끌어올리며 선미는 자리를 찾아 헤맸다. 창 앞의 낮은 테이블 자리가 비어 있었으나 쏟아져 들어오는 햇빛이 너무 강했다. 천장에 걸린 블라인드를 내리면 모든 게 해결될 것 같았다.

하지만 블라인드는 획일과 순응의 상징처럼 수평으로 가지런히 높이를 맞추고 있었다. 수없이 와본 카페지만 스무개가 넘는 블라인드의 높이가 매번 한결같다는 사실이 문득 소름 끼친다고 선미는 생각했다.

하는 수 없이 그녀는 따가운 볕을 맞으며 낮은 의자에 앉아 노트북을 꺼냈다. 전원이 켜지기도 전, 두 여자가 바로 옆 테이블에 와 앉았다. 하필. 선미는 벌써 조금 전 냈던 용기를 후회하고 있었다. 그들의 앙심 품은 시선에 몸이 움츠러들었다. 자연스럽게 나갈까도 생각했지만 이제와 커피를 테이크아웃 잔에 옮겨달라고 말하기가 성가셨다. 게다가 선미는 해야 할 작업이 있었고, 이 시간에 다른 장소에서 앉을 자리를 찾는 건 쉽지 않은 모험이 될 게 뻔했다.

에이 다시 칠십칠번 고객님! 종업원의 외침이 몇 차례나 거듭된 후에야 선미는 자신을 호명한 것임을 깨닫고 주문한 커피를 받으러 일어섰다. 이 브랜드의 카페는 진동벨 없이 굳이 알파벳과 숫자의 조합으로 고객을 일일이 부르는 이상한 정책을 취했다. 직원과 손님 간의 친밀도를 높이는 게 목적이라는 브랜드의 모토는 전혀 설득력이 없었다. 고객과의 친밀도보다 직원의 성대결절과 훨씬

유의미한 연관이 있어 보였다. 선미는 부들거리는 손으로 넓고 뚱뚱한 머그잔을 테이블에 내려놨다. 마스크를 내리고 한모금 마시려는 순간 아뿔싸, 그것이 튀어나왔다.

에이취.

이쪽을 향해 오던 남자가 멈칫하더니 돌아섰고 옆 테이블의 두 여자는 과장되게 몸을 움츠리며 기함했다.

"굳이 마스크 내리고 재채기?"

"개극혐."

이미 선미의 정신은 커피 없이도 말짱하게 각성됐다. 에이 다시 칠십칠번 고객님의 비말 안에 바이러스가 없음을 어떻게 증명한단 말인가. 돌아서서 모두에게 사죄라도 해야 할 것 같은 기분을 물리치며 선미는 커피잔을 입으로 가져갔다. 기침도 아니고 재채기일 뿐이다. 병증이 아니고 외부의 먼지를 뱉어내는 행위였단 말이다. 소용없다. 코와 입에서 나오는 모든 것이 재앙으로 여겨지는 때였다.

밀려드는 생각을 몰아내기 위해 선미는 일을 시작했다. 마감을 앞둔 기사를 얼른 마무리해야 했다. 선미는 누군가의 이름을 검색창에 입력했다. 이 사람을 어떻게 하면 더 자극적으로 요리할 수 있을까.

타깃은 최근 방역지침을 어겨 논란이 된 배우였다. 사실 그렇게 대단한 사건도 아니었다. 하지만. 선미는 손가락으로 테이블을 톡톡 치며 생각했다. 최대한 여러 재료를 끌어들여 그를 매장시켜야 했다. 그래야 기사의 클릭 수가 높아지고 따라붙는 광고가 늘고 이 지긋지긋한 수습기자의 직함을 떨쳐버릴 가능성이 조금이라도 높아진다.

배우가 SNS에 흘린 말들과 온갖 인터뷰에 남긴 과거의 발언들은 타 매체 기자들에 의해 이미 집요하게 까발려져, 악행을 뒷받침하는 악랄한 인성의 증거물로 편집됐다. 그렇다면 아직 알려지지 않은 희귀한 에피소드나 독점으로 확보한 동료나 동창의 폭로성 증언 같은 게 절실했다. 필요하다면 만들어내서라도 한건을 터뜨려야 했다. 너무 과한 게 아닌가 싶다가도 대중의 선택을 받기 위해서는 어쩔 수 없다는 결론에 다다랐다. 선미는 밤새 인터넷에서 건진, 해당 배우의, 동창의, 친구로, 추정될, 수도 있는, 사람들이 남긴 카더라 통신에 가까운 루머를 재료 삼아 기사를 쓰기 시작했다. 굳이 말하자면 질 낮은 엽편소설 같은 글이었다. 그러나 더 센 양념이, 더 강한 충격파가, 분노에 끼었을 화기 짱짱한 기름이 필요했다. 글을 쓰는 손가락이 전투적으로 키보드 위를 날았다.

선미는 종종 이 일에 가책을 느끼기도 했지만 어쩔 수 없었다. 그녀가 살기 위해선 그가 죽어야 했다. 생존의 법칙은 늘 그런 식이었다. 살아남기 위해선 누군가를 죽여야 하는 거다. 가능하면 더 잔인하고 가혹하게.

작업에 몰두하느라 이분 정도 커피를 마시지 못한 사이 직원이 다가와 주의를 줬다. 취식하지 않으실 땐 마스크를 올려주세요. 이제는 상식이 된 황당한 지적에 신경질이 났다. 그런 신경질이 혹여 폭력으로 번지는 걸 방지하기 위해서인지 매장 안에는 규칙적으로 안내 방송이 울려 퍼졌다. 직원이 돌아다니며 손님들에게 마스크를 써달라고 요청할 수 있다는 내용이었다. 그래. 선미는 힘차게 끌어올린 마스크 안으로 한숨을 내쉬었다. 다들 일을 하고 있는 것뿐이지, 나처럼.

모두가 하나의 지침 아래 질서정연한 것 같았지만 결코 그렇지 않았다. 특히나 방역이라는 아주 좋은 핑계가 생긴 후 세상은 점점 바보 같아지고 있었는데, 놀라운 건 사람들이 생업에 관련한 게 아니라면 앞뒤가 맞지 않는 정책에 고분고분히 따른다는 점이었다. 바이러스를 핑계로 카페 출입구를 하나로 통합한 것부터가 한 예였다. 늘어선 줄과 오가는 사람들로 출입구에 병목현상이 벌어졌다. 바이러스의 밀집도로 따지면 그쪽이 훨씬 높아 보였다. 그러나 그러건 말건 사람들은 커피만 마시면 된다는 듯 얌전히 줄 서서 인파의 풍랑을 견뎠다.

얼마 전에 들렀던 종합병원도 다를 바 없었다. 지하 출입구는 '코로나로 인해 건물 연결통로를 봉쇄한다'라는 팻말을 내건 채 꾹 닫혀 있었다. 때문에 사람들은 차에서 내려 하나의 출입구를 향해 걸어야 했는데, 그러다가 오히려 차에 치일 위험이 높아 보였다.

동네 도서관조차 수시로 방역 시간을 바꿔가며 오전 오후 한시간씩 문을 닫았다. 방역 시작 시간 일분 후에 도착한 선미는 예약한 책을 빌릴 수 없었다. 예약된 책을 데스크에서 받아가기만 하는 것도 안 되냐는 물음에 사서는 소독약을 뿌리느라 불가능하다고 딱 잘라 거절했다. 거짓말. 선미는 얄밉다고 생각하며 쓴웃음을 지었다. 온갖 포스터로 반쯤 가려진 불 꺼진 통창 너머 사서들이 휴대폰을 보며 쉬고 있는 걸 분명히 봤다. 그런데 매번 소독을 한다고?

공시생 신분이 지겨워 시험을 포기하고 알아주지도 않는 작은 매체의 연예부 기자로 덜컥 지원한 선미였다. 시험에 합격해 도서관 사서가 됐다면 어땠을까. 그랬다면 남의 인생을 난도질하는 대가로 월급을 받는 기이한 외줄타기를 하지 않아도 됐을 텐데. 방역을 핑계로 맘껏 쉴 수 있었을 텐데. 그 시간에 문을 닫고 엎드려 자거나 하다 못해 주식이나 코인이라도 사지 않았을까. 선미의 공상은 끝없이 이어졌다. 만약 내가 유명한 연예인인데 도서관 사서에 대해 이런 발언을 했다면 어떻게 됐을까. 사적인 자리에서 별 뜻 없이 말했는데 우연히 대화 내용이 유출돼 편집됐다면? 대중은 분노하고 나는 인성 논란의 아이콘이 됐겠지. 그리고 지금의 내 직업을 가진 다른 사람이 열심히 글을 썼겠지. 눈덩이처럼 불어가는 인성 논란, 조잡한 해명, 걷잡을 수 없는 거짓 뉴스의 확산이 이어지는 가운데 분노와 정의를 위시한 대중의 놀잇감이 됐겠지. 그다음 순서는 당연히 전국의 도서관 사서분들께 바치는 사죄의 자필 편지. 자필 편지라지만 실은 기획사 홍보팀이 써준 문서를 베껴 쓰는 거니까 한 글자라도 잘못 쓰거나 줄이 비뚤어지면 처음부터 다시 써야겠지. 요즘 사과의 트렌드는 자책에 가까운 무조건적인 사죄와 반성이니까 변명은 단 한마디도 들어가지 않는 게 핵심 중의 핵심! 그런다면 나는 용서받을 수 있을까. 아니지, 요즘 여론의 지향점은 '찍히면 죽는다'니까 아마 어려울 듯.

상상의 나래 속에서 오싹해진 선미는 피식 웃으며 몸을 부르르 떨었다. 아아, 단 몇초의 실수로 인생 전체를 매도당하기란 얼마나 쉬운가. 유명하지 않다니, 세상 속 말도 안 되는 구설에 용케 휘말리지 않다니 이 얼마나 다행인가.

화장실에 다녀오기 위해 선미는 자리에서 일어섰다. 굳이 중앙문으로, 점심이라 밀려드는 사람들과 어깨를 부딪쳐가며. 도대체 출입구를 하나로 만드는 게 바이러스 확산 방지에 무슨 도움이 된담. 한쪽만 열린 문은 일방적인 지시를 따르라는 불통의 상징처럼 느껴질 뿐이었다.

화장실에서 돌아와 다시 자리로 가 앉으려는데 직원이 선미를 향해 소리쳤다. 고객님, 큐알코드 찍어주세요. 조금 전에 했는데요. 선미는 잠긴 목소리로 답했으나 마스크 안으로 흡수된 목소리는 크지 않았다. 고객님, 고객님! 왕왕 소리치는 직원의 말투가 흡사 도망가는 도둑을 저지하기라도 하듯 사납기 그지없었다. 선미는 날카롭게 받아쳤다. 아까 했다구요! 직원은 멈춘 듯 서 있더니 미안하다는 말조차 없이 돌아섰다.

선미는 저도 모르게 꼭 쥔 두 주먹을 애서 풀었다. 그래 그래. 좋게 생각하자. 못 들었나부지. 바쁜가부지. 일을 하는 것뿐인가부지. 근데 내 심장은 왜 이렇게 벌렁대는 거지.

자리에 풀썩 앉자 아까보다 더 뜨거워진 햇살이 얼굴을 찌르듯 내리쬈다. 참기 힘들었다. 선미는 벌떡 일어나 일렬로 늘어선 블라인드를 내리기 시작했다. 벅벅벅벅. 듣기 싫은 소리를 내며 블라인드가 천천히, 아주 천천히 내려왔다. 요란한 소리에 비해 내려오는 속도가 민망할 정도로 느렸다. 매장 안의 사람들이 일제히 선미를 쳐다봤다. 하. 선미는 입술을 깨물었다. 나는 이들에게 어떤 사람으로 비칠까. 거리를 두라고 뒷사람에게 직원처럼 명령하는 사람? 재채기로 공기 중에 온갖 병균을 퍼뜨리는 사람? 큐알코드를 찍지 않고 매장에서 감히 커피를 마시려는 사람? 모두가 조용한데 혼자 그늘 속에 앉겠다고 블라인드를 내리는 사람?

선미는 노트북을 탁 닫았다. 이 증오와 경계의 시간은 대체 언제 끝나는 걸까. 갑자기 밀려든 환멸감에 더는 이곳에 있고 싶지 않았다. 가방을 챙기는 선미의 손길이 분주해졌다. 그러자 서성대던 몇몇이 주변으로 몰려드는 게 느껴졌다. 선미가 일어나기만을 기다리며 그들은 벌써 소리 없는 자리 경쟁을 벌이고 있었다. 물론 선미도 그런 적이 많았다. 자리에 눈독을 들이고 있다가 사람이 일어나자마자 쏜살같이 달려들어 앉았던 적이. 하지만 왜인지 오늘따라 그들이 먹잇감의 죽음을 기다리는 대머리독수리처럼 느껴졌다. 묘한 오기가 발동했다. 빼앗기는 기분을 느끼고 싶지 않았다.

그러고 보면 갈 데도 없었다. 어딜 가든 또다시 큐알코드와 발열 체크로 동선을 점 찍듯 낱낱이 남기며 자신이 세균덩어리가 아니라는 걸 처음부터 다시 증명해야 했다. 모두가 병균 취급당하면서도 그걸 당연시하는 게 우스웠다. 그러면서도 공간을 꽉 메우고 정작 위험해 보이는 순간에 서로 간에 두어야 할 거리는 두지 않는 게, 통용되고 통용되지 않는 게 헷갈리고 피로했다.

이 비극적인 시간은 결국 인류의 승리로 역사에 기록될 것이다. 그러나 동시에 그 안에 자리했던 어처구니없는 풍경에 모두 동의했던 우스꽝스러운 시대로 기억될 게 분명하다. 그때쯤 나는 꼰대 중의 왕꼰대가 돼 있겠지. 알게 뭐야. 이 상태라면 그때까지 과연 살아 있을지도 불확실한데.

선미는 가방을 다시 내려놓고 닫았던 노트북 화면을 바로 세웠다. 자신의 퇴장을 오매불망 기대하던 자들이 포기하고 돌아설 때까지, 한 사람을 완벽히 몰락시키려면 어떤 가공과 창작이 필요할지 연구하기로 했다. 그래봤자 한시간밖에 남지 않았다. 카페에 머물 수 있는 시간조차 정해져 있는 시대였다.

모두가 살아 있는 감옥에서 아우성치고 있었다. 그럼에도 이 모든 짜증과 증오와 혐오를 마스크 아래 가려버리면 되니 참으로 편리한 건지도 몰랐다. 도덕과 비도덕, 논리와 비논리, 상식과 비상식이 그 어느 때보다도 모호했다. 불평하는 대신 그 점을 이용하는 자들이 언제나처럼 승자가 될 것이었다. 이왕이면 그쪽에 속하고 싶었다. 그렇다면 모순으로 가득 찬 이 시대가 그렇게 빨리 막을 내리지 않아도 좋은 게 아닐까.

선미는 등을 곧게 펴고 어깨에 힘을 뺐다. 그러곤 키보드 위로 다시 삶과 죽음을 향한 바쁜 손놀림을 시작했다.

딸과 깍 사이

화면 위를 두서없이 오가던 작고 하얀 화살표가 마침내 지정된 곳에 안착한다. 두번째 손가락으로 마우스를 지그시 누른다. 딸— 마우스가 첫 음을 뗀다. 숨을 흡, 들이마셔서 한동안 참은 뒤 집요하게 힘이 들어가 있던 손가락을 천천히 뗀다. 깍. 마우스가 두번째 음절을 마무리하는 순간, 382만원이 누군가의 통장으로 이체된다. 입금 주체는 회사다. 소미의 존재는 이 행위에 기록되지 않는다.

소미가 원래 이런 일을 하려고 입사한 건 아니었다. 분명 인사팀으로 들어왔지만 입사 직후 경리팀 직원들이 사직을 하면서 경리팀으로 이동하게 됐다. 회사는 수십년째 관공서에 사무용 가구를 납품하며 고루한 안정감을 유지해온 곳이었다. 낡은 ERP 시스템*은 본사와 지사 사이에서 늘 오류를 일으켰다. 자동화 시스템을 도입하면 끝날 일을 여전히 데이터와 서류를 일일이 대조하게 만드는 비효율이 회사의 근간이었다. 소미는 모니터 속에 나열된 수많은 숫자를 실재하는 품목과 사람의 얼굴 위로 하나하나 맞춰보는 작업을 했다. 그러지 않으려 애썼지만 매달 월급을 송금할 때마다 받는 사람은 어떤 기분일지 자꾸만 그려보게 됐다. 그러고 나서 남는 건 항상 작아진 마음뿐이었지만.

월급을 이체하는 일 말고도 소미가 담당하는 독특한 업무가 있다. 입사 예정자에게 합격 소식을 전하고 희망 퇴직 대상자에게 퇴직 절차를 통보하는 것. 입사 예정자에게 메일을 보내는 건 개중 나은 일이었지만 그나마도 빠르게 줄었다. 신규 인력 채용은 없고 누군가가 퇴사해도 그 자리는 메워지지 않았다.

사장은 가구는 사람이 쓰는 것이니 사람 냄새가 나야 한다며 케케묵은 인본주의를 버릇처럼 내세웠으나 그가 말하는 '사람 냄새'라는 수식어 앞에서 소미는 늘 아연실색해졌다. 떠나는 이에게 다만 얼마라도 더 얹어주는 게 이 시대의 인간성이 아닐까. 소미의 견해로, 사장이 생각

---

*Enterprise Resource Planning의 약칭. 전사적 자원 관리 시스템.

하는 인본주의란 입사와 퇴사 절차를 기계가 아닌 사람의 손가락을 거치게 만드는 기이한 노역에 불과했다. 타인의 손을 빌려 축출을 예우로 포장하는 이 회사만의 고지식하고도 잔인한 예법이었다. 물론 전산 시스템을 갈아엎는 걸 차일피일 미루다가 뜻하지 않게 오래된 방식을 고수하고 있다는 건 모두가 아는 사실이었다. 매뉴얼대로 쓰인 메일을 발송하는 것뿐이지만 그 일을 할 때면 소미는 초조한 심정으로 자신이 보내는 퇴사자 수리 메일의 종착역이 어디일지, 종국에는 자기 자신이 아닐지 생각하곤 했다. 이 회사에 영원토록 머물 생각은 추호도 없었다. 그렇지만 언젠가 둥지를 휙 떠나 훨훨 날아가는 것과 둥지가 나무 아래로 추락하는 것은 다른 얘기니까. 어쨌든 오늘도 남몰래 전달될 숫자들 사이에서 소미는 누구에게도 보이지 않는 투명 발자국을 남긴다. 딸과 깍 사이에서 한번씩 숨을 참으며.

소미의 삶을 한장의 이미지로 압축한다면 만원 지하철 안에서 차창을 바라보는 피로한 여자의 모습일 것이다. 휴대폰 액정으로 푹 수그렸던 얼굴을 들면 여름엔 나른하게 반짝이는 강의 윤슬이, 겨울엔 어두운 차창에 자신의 얼굴이 비친다. 그대로 일주일이, 한달이, 일년이 지나고 소미의 얼굴과 어깨 위로 조금씩 나이가 내려앉는다. 어느 날 갑자기 이런 생각이 스치고 지나가자 소미는 설명할 수 없는 두려움과 막막함에 몸이 오그라들었다. 이대로 삶을 지하철 안에서만, 회사에서의 마우스 클릭질로만 채우고 싶지 않았다. 소미는 자신을 대표하는 다른 이미지를 만들고 싶었다. 오, 정말? 재미있어 보여! 그런 걸 다 해?라고 생각될 만한, 적당히 괜찮은 어떤 장면이면 족했다.

고민 끝에 정한 취미는 뜨개질이었다. 악기 연주나 그림 그리기도 시도해봤지만 맞지 않았다. 유튜브에서 우연히 뜨개질 영상을 본 소미는 덜컥 원데이 클래스를 신청했다. 손재주가 좋은 편은 아니었다. 그런데도 고집스럽게 말린 실타래가 손가락을 거쳐 눈앞에서 다른 것으로 바뀌어갔다. 수업이 채 끝나기도 전에 정답을 찾은 것 같다는 생각에 소미의 마음은 가벼워졌다. 눈에 보이는 소박한 전진, 그리고 분명한 성과. 손가락에 실을 감고 나무바늘 위로 양손을 놀리는 행위는 따뜻하고 명쾌했다. 소미는 원데이 클래스에서 만든 작은 컵받침을 부엌 테이블 위에 놓고 그 위에 아이스티가 든 컵을 조심히 올렸다. 마지막으로 느껴본 게 언제인지 기억도 나지 않는 기쁨에 가슴이 벅찼다. 해냈다는 뿌듯함이 주는 긍지. 이런 기분을 어렸을 때 말고 느껴본 적이나 있었던가.

두번째로 완성한 작은 목도리를 애착 인형에게 둘러주고 나서 소미는 본격적으로 뜨개질의 세계에 빠져들기로 마음먹었다. 아무 때고 말없이 바로 시작할 수 있다는 점이 참 좋았다. 악기를 꺼내거나 도구를 세팅하는 번거로움도 없고 따로 시간을 내 어딘가로 가지 않아도 된다. 조용히 실을 꺼내 하고 싶은 만큼 하다가 휙 치워버리면 그만이다. 다 끝내기 전까지, 부러 펼치기 전까지는 실력을 감출 수 있다는 것도 안심됐다. 소미는 주말에 시간을 내 유명하다는 뜨개질 공방과 털실 가게들을 찾았다. 이 세계는 아름답고 찬란할 뿐만 아니라 사이좋고 정다웠다. 다양한 바늘이 색색의 털실들과 오손도손 무늬를 이루며 지내고 있었다. 나무로 만든 대바늘은 지혜로운 할머니를 떠올리게 했고, 앙증맞은 은색 코바늘은 자신감 넘치는 아이를, 그 옆의 두꺼운 코바늘은 여유롭고 단단한 엄마를 연상시켰다. 실도 마찬가지였다. 까슬까슬한 실, 영롱한 무지갯빛을 머금은 실, 거칠고 잔털이 많은 실. 개성이 가득한 실과 바늘의 나라는 보면 볼수록 사랑스러웠다. 모두가 저마다 가능성을 감춘 채 소미를 바라보고만 있다. 마치 모든 건 소미에게 달려 있다는 듯.

이번엔 모자에 도전할 생각이다. 가상의 선 위를 왕복하기만 하면 목도리가 완성됐지만 이제는 평면을 이어 곡선을 만들 차례다. 그러나 도안을 본 소미는 조금 시무룩해졌다. 어려워 보였다. 이리저리 헤매다 실패하면 어쩌지? 포부와 달리 형편없는 작품이 만들어진다면? 뜨개질이 인생을 닮았다고 느낄까봐 겁이 났다. 그러면 모든 재미가 달아날 테니까.

마음에 드는 뜨개실을 사고도 소미의 마음은 어지러웠다. 세번째 작품은 자꾸 생각나는 사람에게 선물하라는 유튜브 뜨개질 고수의 말이 가슴을 맴돌았기 때문이다. 자꾸 생각나는 사람이라…… 그 말을 듣는 순간 불행히도 떠오르는 사람이 있었다. 영림 선배. 머릿속에 떠오른 영림 선배가 자신을 향해 고개를 돌리기 전, 소미는 생각을 끊어내듯 질끈 눈을 감았다.

영림 선배에겐 묻고 싶은 게 참 많았다. 왜 저한테 친절을 베푼 거예요? 사내 자판기 앞에서 왜 말없이 동전을 넣어줬죠? 비 오는 날 왜 우산을 씌워준 거냐구요. 왜 친절한 거죠. 아니, 왜 '모두에게' 친절한 거예요? 누구에게나 친절한 게 얼마나 나쁜 건지 아시기나 하냐구요.

여자친구가 있다는 소문에 가슴이 무너져 내렸던 어떤 날이 똑똑히 기억났다. 영림을 맘껏 떠올리며 모자를 뜰 수 있겠다는 생각은 전혀 들지 않았다. 소미의 손은 생각을 지우듯 바쁘게 바늘을 움직이다가 문득 멈췄다. 이런, 네 단이나 잘못 떴다. 코의 수를 잘못 계산한 탓이다. 하지만 소미의 얼굴이 발그레해진 건 그녀의 유독 흰 얼굴에 금빛을 머금은 붉은 털실의 기운이 번져서만은 아닐 거다. 소미는 짐짓 태연한 척 실을 풀었다. 잘못했으면 풀고 다시 시작하면 된다. 없었던 일처럼 명백한 원점으로 돌아가 다시 동그란 실뭉치로 만들어버리면 된다. 역시, 뜨개질과 인생은 닮지 않았다. 소미는 안도의 한숨을 내쉬고 털뭉치를 책상 위에 던져둔 채 따뜻한 이불 속으로 몸을 말아 들어갔다. 아직까지 뜨개질을 좋아할 수 있다는 게 다행이었다.

최근 본사에서 내려오는 지침이 심상치 않았다. 지사별로 예산이 동결됐고, 수십년간 거래해온 납품처 몇 곳이 경영 악화로 대금을 연체하고 있다는 얘기가 들렸다. 비용 절감,이라는 문구가 들어간 문서들이 쌓이기 시작했다. 회사는 침몰하는 배에서 짐을 덜어내듯 가장 먼저 사람의 무게를 줄이기로 작정한 듯했다. 작지 않은 규모의 희망퇴직 권고가 있을 거라는 소문이 돌았다.

소미의 마음에 금이 간 건 얼마 지나지 않아서였다. 소미에게 전달된 희망퇴직 권고 대상자 리스트에 익숙한 이름이 보였다. 차영림. 늘 가슴을 흔들어놓는 세 글자를 본 순간 명치 언저리가 쿡 저렸다. 퇴직금 정산과 급여 시뮬레이션을 위해 결재 라인에 미리 공유된 내부 자료인 터라 일반 사원 중에서 이 내용을 아는 건 소미뿐이었다.

왜 영림 선배가. 누구보다 열심히인, 근면하고 착실한 영림 선배가 대체 왜. 소미는 반문했다. 영림은 고객지원팀에 소속돼 본사와 현장 사이에서 완충 역할을 맡고 있었다. 무거운 철제 책상이 배송 중에 찌그러지거나 관공서 사람들이 사소한 하자를 트집 잡을 때마다 달려가는 사람은 언제나 영림이었다. 그는 현장 기사들의 거친 불만을 정갈한 문장으로 문서에 옮기고 그것을 다시 소미의 엑셀 창에 기록할 수 있는 매끄러운 숫자로 치환해 가져오곤 했다. 자주 말을 나누진 않았지만 소미에게 영림은 단순한 동료 이상의 존재였다. 영림은 소미가 입력하는 무미건조한 가격의 실체가 사실은 누군가의 집무실에 놓일 무거운 나무 탁자라는 것을, 그 탁자를 나르느라 또다른 누군가가 허리를 삐끗했다는 이야기를 걱정스러운 표정에 얹어 들려주는 유일한 사람이었다.

그러나 정확히 같은 이유로 반대의 의견도 있을 터였다. 영림씨는 너무 물러. 좋게 말해 친절하지, 맺고 끊음이 분명치 않아. 덤터기는 다 주변 사람이 쓰는데 눈치도 없지. 자기 회사에 충성해야지, 고객사 말단직원을 이해하는 감수성은 도대체 뭔데. 소미를 헷갈리게 한 바로 그 친절함 때문에 영림 선배는 퇴직 대상자가 된 것인지도 몰랐다. 고개를 빼꼼 내밀면 대각선 끝자리에 앉은 영림이 보였다. 오늘도 허물없는 미소를 짓고 있는 그가 답답했다.

소미는 직원들이 점심에 구내식당처럼 이용하는 한식 뷔페집에서 일부러 영림과 가까운 곳에 자리를 잡았다. 영림은 12월에 있을 회사 행사에 대해 말하고 있었다. 이번 연말엔 좀 다르게 가보면 좋을 것 같은데 어떻게 생각해요? 송년회랍시고 맨날 똑같은 레퍼토리 말고, 사람들 하나하나가 좀더 도드라지게 말이에요. 얼핏 들려오는 그의 목소리에 소미는 숟가락을 움켜쥐었다. 영림 선배, 연말은 무슨 연말이에요. 그때 선배는 여기 없을 거라구요. 그렇게 웃고 있을 때가 아니에요. 내면에서는 고함 소리가 울렸지만 겉으로는 태연히 황태해장국을 오물거릴 수 있는 자신이 밉기만 했다.

밤새 고민한 소미는 영림에게 언질을 주기로 결심했다. 전날 본 영림은 민망할 정도로 무구하게 회사의 내일을 이야기할 따름이었다. 그런 사람이 꼬리를 감추듯 겸연쩍게 퇴장하는 모습은 옳지 않았다. 그가 다만 마음의 준비라도 하기를 바랐다. 소미는 메신저에 접속해 영림에게 메시지를 보냈다.

영림 선배님, 안녕하세요. 경리팀 한소미입니다.
—네, 안녕하세요.
드릴 말씀이 있는데 잠깐 만나 뵐 수 있을까요.
—어떤 일 때문에 그러시죠.
긴히 드릴 말씀이 있어서요.
—알겠습니다. 어디서 뵐까요.
편하실 때 편하신 곳에서 뵈ㄹ

——무슨 일이신데요?

오타를 정정하느라 문장을 끝맺기도 전에 귓전에서 들려온 목소리에 소미는 말 그대로 폴짝 뛰어올랐다. 영림이 바로 옆에 있었다. 축지법이라도 쓴 건가. 영림의 자리에서 여기까지 못해도 스무발짝은 될 텐데.

—물 좀 받으려구요.

영림은 소미의 뒤쪽에 있는 정수기에 컵을 가져다 대며 말했다. 다행히 옆엔 아무도 없었고 소미는 온몸의 피가 뺨 위로 몰리는 걸 느꼈다.

—뜨개질해요?

소미의 책상 위에 놓인 실을 본 영림이 물었다. 선배님, 지금 털실이 문제가 아니에요. 당신은 곧 해고당할 거라구요. 희망이라는 괴상한 이름 뒤에 붙인 퇴사 절차를 거쳐 회사에서 쫓겨나게 된다구요. 그리고 그 메일을 내가 당신한테 보내야 하는데, 나는 이제 어쩌죠? 그런 말들을 삼키며 소미의 입에서 나온 말은 짧고도 짧았다.

—넵. 그냥.

소미는 헛기침을 했고 자신의 목소리에 경계심이 실려 있다고 상대가 충분히 오해할 수 있을 거라는 느낌을 받았다. 갑자기 사람들이 밀려들어왔다. 계획은 풀리지 못하고 엉켰다. 소미는 하려던 말이 간단한 결재 건이었던 것으로 가장하고 영림을 돌려보냈다.

― 긴히 할 말이 있다고 해서 진짜 긴 건 줄 알았네요.

영림이 인사 대신 소탈하게 덧붙인 말에도 소미는 대꾸하지 못했다.

그날부터 소미의 뜨개질은 전진을 멈췄다. 아무것도 뜰 수 없었다. 필사적으로 시도해도 실은 자꾸만 엇박을 내며 꼬였다. 바늘을 빼내고 실 끝을 잡아당기자 공들여 쌓은 코들이 맥없이 도르르 풀려나갔다. 뜨개인들이 '푸르시오'라고 부르는 이 허망한 의식은 잘못 끼워진 단추처럼 어긋난 소미의 상태를 그대로 닮아 있었다. 매끄럽게 풀리지 않고 제풀에 엉겨 붙은 털실 뭉치는 다시는 회복될 수 없는 상처처럼 보였다. 감겼던 실이 손가락에 새긴 빨간 자국을 따라 맥이 진득하게 뛰었다.

그리고 드디어 그날이 왔다. 월말. 월급을 받고 한달을 마무리하는 날. 어쩌면 모두가 살아갈 이유를 숫자로 확인하는 날 말이다. 영림에게 메일을 보내야 하는 것도 바로 이 날이었다. 아침부터 찾아든 오한을 무시하며 소미는 급여 이체 업무를 처리했다. 그저 빨리 끝내고 자유로워지고 싶었다. 소미는 쏟아져 내리는 숫자들에 하나하나 딸려 연상되는 얼굴들을 외면하며, 모든 게 자동화되는 시대에 이 인간답지 않은 일이 언제까지 인간의 몫으로 남겨질 것인지에 대한 뿌리 깊은 의문을 버리지 못한 채 빠르게 마우스를 클릭했다. 딸깍 딸깍 딸깍. 오늘은 딸과 깍 사이의 멈춤이 길지 않았다. 그렇게 78명의 월급을 이체하고 나자 그토록 피하고 싶었던 괴로운 절차가 그녀를 기다리고 있었다. 귀하는 희망퇴직 대상자로 선정되었음을 안내하며, 기한 내 의사를 회신하라,는 건조한 문장을 리스트에 있는 사람들에게 메일로 발송하는 일이었다. 사형집행인이 된 기분이었다.

참을 수 없을 것 같은 기분으로 소미는 메모장을 열었다. 태연한 얼굴로 아무렇지 않은 척 앉아 있었지만 뭐라도 쏟아내지 않고는 배길 수 없었다. 한동안 낙서도 일기도 아닌 글을 정신없이 휘갈기고 나서야 조금쯤 마음이 진정됐다. 소미는 예약 발송 버튼을 눌렀다. 사무실이 술렁이는 것을 지켜볼 기력이 없었기에 퇴근 후인 오후 7시에 발송되도록 시간을 설정해두었다. 그뒤 미리 만들어둔 퇴사 대상자 메일 리스트를 클릭했다. 보통 중요한 건은 확인에 확인을 거쳐 한 사람씩 발송하곤 했지만 지금은 아무래도 그런 열의가 생기지 않았다. 머리가 지끈거리고

열이 났다. 감긴가. 차라리 지독한 독감이기를 바라며 소
미는 멍한 눈으로 마우스를 휘저어 창에 뜬 내용을 복사
했다. 그 안에 담긴 문장을 다시 읽어볼 엄두가 나지 않았
다. 그저 빨리 이 공간을 벗어나고 싶다는 생각뿐이었다.
확인 창도 없이, 예약된 시간에 즉시 발송되도록 설계된
구형 ERP 시스템의 회색빛 버튼 위에 마우스가 자리 잡
았다.

딸.

마우스를 누른 손가락을 떼지 않은 채 소미는 속으로
중얼거렸다. 안녕, 영림 선배. 잘 가요.

깍.

이별의 소리, 마음이 반으로 쪼개지는 소리는 여전히
가볍기만 했다.

*

주말이 지나고 출근했을 때, 사무실의 공기는 보통 때
와 달랐다. 버스에서 내려 건물로 향하는 길에 소미는 몇
몇 사람이 자신을 가리키며 수군댄다고 느꼈다. 사무실에
들어서는 순간에도 소미를 향해 일제히 시선이 쏟아졌다

가 황급히 거둬졌다. 점심시간에도 이상한 기류는 계속됐다. 소미는 이해할 수 없는 온도에 머리를 갸웃거리면서도 묵묵히 밥을 먹었다. 비대해진 자아가 만들어낸 착각일 뿐이라고 스스로를 다독였지만 등 뒤가 따끔거리는 건 어쩔 수 없었다.

—소미씨. 아직 모르는 거 같은데, 얘기해줘야 할 것 같아서.

양치를 하고 자리로 돌아왔을 때, 평소 말 한마디 섞지 않던 옆 부서 동료가 다가와 낮게 속삭였다. 그의 목소리에 담긴 묘한 안타까움과 동정심을 모른 척하며 소미는 눈썹을 올렸다.

—주말 내내 회사 단톡방이랑 커뮤니티 난리 났었어. 소미씨 메일 말야. 어머, 정말 모르나봐. 어떡해, 자기.

소미는 책상으로 성큼성큼 돌아와 잠든 모니터를 깨웠다. 보낸메일함을 살펴보자 맨 위에 희망퇴직 대상자 안내,라는 건조한 제목이 눈에 들어왔다. 소미는 떨리는 마음으로 그 위에 마우스를 가져다 댔다. 딸과 깍의 틈새에 오래도록 머무른 손가락이 하늘을 향해 올라간 순간, 소미의 작고 고요하며 타인과 연결되지 않았던 세계는 굉음을 내며 완전히 무너지고 말았다.

오늘 할 일

급여 이체

정산 마감

희망퇴직 대상자 메일 발송

이렇게 적어놓고 하루를 시작했다.

이를 악물고 목표했던 시간보다 빨리 일을 끝냈다.

이상한 건 이렇게 많은 사람의 일을 처리하면서

정작 나는 하루 종일 아무 일도 하지 않은 사람처럼 느껴진 다는 거.

잘못도 없고, 공도 없어서……

일을 완벽하게 해낼수록, 사람들은 나를 완벽하게 잊는다.

일이 잘 돌아간다는 건 아무도 나를 떠올리지 않아도 된다 는 뜻이니까.

그렇게 또 하루를 넘긴다.

오늘도 내일도

출근하고, 처리하고, 퇴근한다.

지나치게 성실하지도, 게으르지도 않게.

다들 각자의 자리에서 무사히 버티고 있는 것처럼 보인다.

큰 기대도 바람도 없이.

문제없이 일하려고 애쓸수록 영혼이 조금씩 마모되고 있다는 걸

　굳이 서로에게 말하지 않는다.

　내일도 출근할 거고, 오늘과 똑같은 얼굴로 숫자를 맞출 거다.

　하지만 이 기록만큼은 남겨두고 싶다.

　아무 일 없었던 나의 하루가 실은 누군가를 지워내고 나를 깎아내며 버틴

　꽤나 처절한 사투였다는 걸.

　기계처럼 움직인 내 손가락 마디마디에 아주 지독한 통증이 남아 있다는 걸.

　잘 가요, 영림 선배.

　내일부터는 조금 덜 친절하게 살아요.

*

　전사원의 메일함에 당도한 고백록은 읽지 않은 척 삭제되어야 할 행정적 오류로 취급받았고 공식적인 자리에서는 절대 언급되지 않았다. 혹자는 소미가 그 메모를 고

의적으로 전체 메일로 보낸 게 아닌지 의구심을 품기도 했지만 소미는 그렇게 앙큼한 사람이 아니었다. 잘못된 문서를 붙여넣은 것도 모자라 발송 대상자로 전사원을 클릭한 건 흐려진 눈이 잡아내지 못한 자동완성 때문이었다. 소미는 사람들이 자신을 취급주의 대상, 혹은 시스템을 교란한 불량 부품 정도로 분류했을 거라고 생각했다. 그 사건 이후 사무실의 분위기가 묘하게 뒤틀렸기 때문이다. 탕비실에서, 메신저 창에서 소미의 문장들은 여러 차례 번져 나갔다. 공식적으로는 무거운 침묵이 흐르고 비공식적으로는 거대한 파문이 이는 기이한 중간 지대에서 달라진 것이 있다면 소미가 한소미라는 개인으로 각인되기 시작했다는 점이었다.

소미의 시말서를 건네받은 사장은 별다른 질책을 하지 않았다. 사장은 그 일을 처벌로 다루지 않았다. 대신 자신을 '직원의 고충을 헤아리는 인간적인 오너'로 포장하는 기가 막힌 해결책을 찾아냈다. 그는 전직원 회의를 열고 '익명의' 사원이 저지른 메일 사고를 '사고가 아닌 소통의 물꼬'로 둔갑시켜 흩어진 단합의 빌미로 삼고자 했다. 연말 송년회를 직원들이 직접 기획하는 공모제로 진행하라는 뜻밖의 지시가 떨어졌을 때, 그 공모를 수식하는 '사람 냄새'라는 표현에 직원들은 모두 혀를 내둘렀다. 반강제적인 참여 유도는 직원들에게 불필요한 노동 하나를 더 얹은 것에 불과했다. 소미는 거대한 가시방석에 앉은 것 같았다. 네가 그 잘난 글을 쓰는 바람에 우리만 피곤해졌다, 따위의 소리들이 들리는 것 같았다. 소미는 매일매일 이곳을 떠나 어디로 갈 수 있을지를 궁리하면서도 여전히 마우스를 클릭하고 주어진 일을 해냈다. 버텨내려면 아무것도 느끼지 않는 편이 가장 편했다.

하지만 어느 날 퇴근길에 영림의 우산이 창고 쓰레기통에 먼지 쌓인 채 버려진 걸 본 소미는 아픔을 느꼈다. 울적했던 어느 여름밤이 떠올랐다. 소미는 회사 로비에 멍하니 서 있었다. 울고 싶을 만큼 힘든 일들이 모두 '당연한 업무'로 치부되는 게 유난히 견디기 어려웠던 날이었다. 억수같이 쏟아지는 비가 걸음을 묶어두었다. 그때 머리 위로 노란 우산이 드리워졌다. 영림이었다.

— 가요. 지하철역까지 씌워줄게요.

발을 옮기는 영림의 뒤를 따라 소미는 반 박자 늦게 걸음을 뗐다. 역까지 가는 동안 영림의 발 박자와 어긋나게 걸으려 몇번이나 애썼지만 찰박거리는 빗물에 신발만 젖을 뿐, 자꾸만 발 박자가 맞았다. 결국 소미는 포기하고 영림과 발을 맞춰 걸었다. 역에 도착했을 때 비는 그쳐 있었다. 영림이 사람 좋은 미소를 지으며 한마디를 덧붙였다.

— 비가 그쳐서 다행이네요. 내일은 날이 갤 거예요.

— 고맙습니다.

소미가 무뚝뚝하게 말했다. 마음은 그렇지 않은데 이런 말투와 표정으로는 또다시 영림과 우산을 함께 쓸 일이 없을 거라 생각하면서.

그날 소미는 영림의 우산이 머리 위로 뜬 해 같다고 생각했다. 하지만 이제 그 우산은 창고 한편에 구겨진 채 버려졌고, 영림의 자리는 그저 삭제됐다. 소미는 차오르는 것들을 목구멍으로 밀어 넣으며 만원 지하철에 올라탔다. 분명 잘 눌러 담았다고 생각했다. 하지만 검게 죽은 차창 위로 제 얼굴이 겹쳐 보인 순간, 안간힘을 쓰며 버티던 표정이 일그러졌다. 눈을 위로 뜨고 깜박였지만 뜨거운 눈물이 기어이 넘쳐 뺨을 타고 흘러내렸다. 낯선 이들의 시선이 쏟아지는 비좁은 틈바구니에서 소미는 얼굴을 가릴 손조차 마음대로 움직이지 못한 채, 오래도록 울음을 쏟아냈다.

그뒤 작은 변화가 소미를 찾아왔다. 소미는 커서를 깜

빡이는 빈 화면 앞에서 며칠을 고민했다. 정해진 숫자나 이름 말고 자신의 생각을 입력하는 종류의 일은 소미에게 몹시 낯설었다. 하지만 여기서 멈추면 영림 선배가 남긴 친절을 배신하는 게 될 것 같았다.

공모 마감일, 소미는 떨리는 손으로 마우스를 움켜쥐었다. 이번에는 실수로 복사해 붙여넣은 낙서가 아니었다. 입사 후 처음으로 이름을 걸고 낸 공식적인 목소리였다. 딸. 마우스가 읊조렸다. 여느 때처럼 소미가 빚어내는 소리는 시스템의 톱니바퀴에 끼어든 작은 모래알처럼 보잘것없었다. 깍. 그러나 오늘만큼은 그 소리가 소미의 심장박동과 정확히 맞물렸다.

당연히 떨어질 줄 알았다. 소미는 자신의 기획안에 담긴 무모함을 알았고 회사는 모험보다 안정을 택하는 조직이었으니까. 그러나 수십개의 기획안 중 당선작이 발표되었을 때, 소미는 제 이름을 보고 한참을 멍하게 서 있을 수밖에 없었다.

진행은 홍보팀의 소관이었지만 소미는 첫 회의에 참석해 자신의 기획 의도를 밝혔다. 사람들 앞에서 얘기하는 게 어색해서 책상 유리에 비친 스스로의 얼굴에 대고 말한 거나 다름없었지만 고개를 들었을 때 마주한 사람들의 표정에는 적의가 없었다.

— 괜찮은 생각이에요. 잘 준비해볼게요.

홍보팀 과장이 웃으며 마무리했다. 회의실을 빠져나가
는 소미에게 그는 다시 다가와 작게 이야기했다.

— 이제야 말하지만 소미씨, 그 메일 있잖아요. 읽고
나서 한방 맞은 것 같은 기분이었잖아. 내가 쓴 일기를 다
른 사람 이름으로 받는 것 같았거든요. 다들 그랬을 거예
요. 고마워요.

소미는 과장에게 작은 미소로 화답했다. 마음에 단단히
쌓아뒀던 둑 하나가 톡 터지는 것 같았다.

계절이 겨울로 향하고, 점점 두꺼워지는 옷 말고는 아무
것도 달라진 것이 없어 보이는 출퇴근의 나날 속에서 소미
는 적잖이 방황했다. 소미의 길 잃은 뜨개질도 여러번 '푸
르시오'를 거듭하며 목도리가 됐다가 의미 없는 편물 조
각이 됐다가 본연의 실뭉치가 되기를 반복했다. 한 코 한
코 풀 때마다 실에는 꼬불꼬불한 자국이 남았다. 한때 어
딘가에 매여 있었다는 흔적이었지만 소미는 이제 그 굴곡
진 자국조차 뜨개질의 일부임을 알 수 있을 것 같았다.

그리고 뜨개질의 세계에도 신이 있다면 뜨개신은 첫눈

이 오던 날 갑자기 소미의 손 위로 내려앉았다. 오랜만에 잡은 바늘과 실이었으나 어느 순간부터 바늘을 움직이는 건 소미의 의지가 아니었다. 실과 바늘의 길을 궁리하기도 전에 양손은 이미 본능적인 리듬을 찾아 허공을 가르고 있었다. 겉뜨기와 안뜨기, 비우기와 줄이기. 복잡하게 얽혀 있던 도안의 기호들이 소미의 머릿속에서 입체적인 지도로 펼쳐졌다. 시계 초침 소리조차 들리지 않는 정적 속에서 오직 나무 바늘이 서로 부딪히는 경쾌한 마찰음만이 방 안을 가득 메웠다. 한 코를 뜰 때마다 소미를 짓눌렀던 숫자들이, 생략된 인사 뒤에 남은 이별이, 마우스 클릭 소리에 맺혀 있던 눈물이 형체를 잃고 하나의 무늬로 녹아들어갔다. 어깨가 뻐근하고 눈앞이 침침해졌지만 멈출 수 없었다. 이 뜨개질을 끝내지 못하면 삶도 영영 엉킨 채로 남겨질 것 같다는 절박함이, 동시에 지금 이 순간만큼은 자신만의 속도로 무언가를 창조하고 있다는 환희가 소미를 밀어붙였다. 창밖에 눈송이가 쌓이는 속도보다 소미의 손끝에서 편물이 자라나는 기세가 더 빨랐다.

함박눈이 창틀을 가득 메울 때쯤, 소미는 모자를 완성했다. 까슬까슬했던 실이 한 계절 이상 소미의 손을 타 부드러워져 있었지만 붉은색 실 사이에 박힌 금빛은 여전히 반짝였다. 이것도 나쁘지 않네. 소미는 비로소 스스로에게 관대한 미소를 지어줄 수 있었다.

　회사 송년 행사에 가는 길, 소미는 하얀 숨을 길게 내쉬었다. 해가 바뀔 무렵까지 이 회사를 다니고 있을 줄은 꿈에도 상상하지 못했다. 사장이 소미의 실수에서 '사람 냄새'라는 슬로건을 건져 올렸을 때, 소미는 자신이 뱉어낸 고백이 회사의 정책으로 깨끗하게 편집되어 돌아왔다는 인상을 받았다. 뾰족한 눈으로 본다면 사원의 수치심이 조직의 동력이 되고 회사의 콘텐츠가 되는 과정이라고 말할 수도 있을 터였다. 하지만 이상하게 소미는 그 과정이 마냥 싫지는 않았다. 자신이 쓴 수취인불명의 고백에 회사가 이름을 붙여 답장을 보낸 것 같았기 때문이다. 오늘은 그 답장을 눈으로 확인하는 날이었다.

　행사장 강당에 들어서자 플래카드가 눈에 들어왔다. '기억의 조각들 ── 지나온 당신의 시간'. 자신의 이름으로 낸 기획서의 제목이 공식적인 행사명이 된 걸 보자 소미의 가슴은 쿵쾅댔다.

　행사장은 전시실처럼 꾸며져 있었고 벽을 따라 배치된 작은 탁상 위마다 홍보팀이 소미의 메모를 바탕으로 정성껏 배치한 '기억의 조각'들이 조명을 받고 있었다. 퇴사자들이 남긴 정리되지 않은 물건들로 이루어진 전시였다. 설계팀 최대리가 도면을 그릴 때마다 끼던 은색 골무, 늘 덤벙거리던 신입사원이 제 자리를 잊지 않으려고 책상 귀퉁이에 붙여두었던 해진 캐릭터 스티커. 그저 분류배출 대상이었을 낡은 물건들이 제각기 다른 목소리를 내고 있었다. 특히 눈길을 끈 건 퇴직한 어느 간부가 남긴 작은 수첩이었다. 수첩의 옆면은 수없이 넘겨진 듯 검게 때가 타 있었고 펼쳐진 페이지에는 '오늘 정대리 생일, 차 한잔 사줄 것' 같은 소소하고 사적인 메모들이 삐뚤빼뚤하게 적혀 있었다. 홍보팀은 그 수첩 옆에 소미가 직접 쓴 작은 메모를 덧붙였다. '숫자보다 사람의 이름이 더 많이 적힌 수첩'.

사람들은 와인잔을 든 채 그 작고 아기자기한 흔적들 앞에 멈춰 섰다. 이거 기억나? 박대리님이 맨날 이 컵에 믹스커피 두개씩 타 마셨잖아. 탄식과 웃음이 함께 섞인 회상이 전시장 곳곳에서 피어올랐다. 떠나가고 잊힌 사람들을 소환하는 일은 결국 남아 있는 이들이 자신들의 시간을 확인하는 과정이기도 했다. 소미는 사라진 동료들이 남긴 흔적을 지켜보며, 자신이 월급을 보내고 퇴직을 고

했던 수많은 이름들을 향해 조용히 인사를 고했다.

소미의 발길은 전시장 가장 끝, 그림자가 깊게 드리운 구석까지 이어졌다. 노란색 장우산 하나가 홀로 서 있었다. 소미는 그 주인을 선명히 알았다. 이 기획의 시작이 된 우산을 쓰레기통에서 건져 비품 창고 한쪽에 옮겨둔 게 바로 소미였으니까. 소미는 계절을 견디며 꼬박 새워 완성한 뜨개 모자를 우산 손잡이의 둥근 곡선 위로 씌워주었다. 누구에게도 보여주지 못한 마음의 마지막 매듭이었다.

— 멀쩡한 건데 두고 갔네요. 이렇게 전시까지 할 줄은 몰랐는데.

낮은 목소리가 어깨 위에서 울렸다. 뒤를 돌아보자 머리가 조금 길어진 남자가 서 있었다.

— 영림 선배.

짧게 뱉은 소미의 목소리는 언제나처럼 투박했다. 표정과 말투만 놓고 본다면 전혀 반갑지 않은 얼굴에 퉁명스러운 어투로 들릴지도 모른다. 어찌 됐든 영림은 소미를 향해 웃고 있었다. 이번 송년회의 전시에는 해당 물건의 주인들도 초대됐다. 하지만 영림이 정말 올 거라고는 예상하지 못했다.

—소미씨 아이디어라면서요. 잘린 마당에 이렇게 부르는 거, 좀 잔인하다는 생각도 들긴 하지만 덕분에 다 지난 일처럼 바라볼 수 있네요.

말을 마친 영림의 시선이 우산 위에 걸쳐놓은 모자로 옮겨갔다.

—다 떴나보네. 예전에 본 그 실 같은데, 맞죠? 실이 독특해서 기억나요.

소미는 고개를 끄덕이며 서둘러 우산 위의 모자를 거뒀다. 영림은 소미가 쥔 모자를 물끄러미 바라보다가 다시 입을 열었다.

—사실은 소미씨, 나 그 메일 받기 한참 전부터 계속 사표 품고 이력서 쓰고 있었어요. 그런데 누군가 내 친절의 고단함을 알아준다는 게 신기했어요. 내가 아주 헛산 건 아니라는 생각이 들어서, 마음 편히 짐을 쌀 수 있었구요.

영림의 눈빛엔 원망 대신 맑은 고마움이 어려 있었다.

여전하구나. 소미는 생각했다. 시간이 그의 친절함을 해하지 않았다는 사실에 이상하게 마음이 놓였다. 영림이 툭 물었다.

—이렇게 예쁜 게 되다니, 다시 봐도 신기하네. 누구

한테 줄 거예요?

소미는 입술을 지그시 물었다. 그러곤 이렇게 말했다.

— 고민했는데, 그냥 제가 쓰려구요. 내 거를 만든 적
이 없는 것 같아서.

— 흐흠.

영림이 기분 좋은 웃음소리를 냈다.

— 훌륭한 선택입니다.

누군가가 다가와 핑거푸드가 담긴 은색 쟁반을 내밀었
다. 소미는 초콜릿을 하나 집어 입에 넣었다. 달고 포근한
겨울의 맛이 났다.

그날 밤 소미는 다시 손가락에 실을 감아서 뜨개질을
시작했다. 무엇을 뜰지는 정하지 않았다. 목도리가 될지
조끼가 될지 근사한 옷이 될지 아직은 모른다. 언제 완성
할 수 있을지도 전혀 알 수 없다. 이리저리 떠돌기만 반복
하다 아무것도 아닌 게 돼버릴 수도 있다. 모든 게 닳고
닳아 처음 먹었던 마음과 달라져버릴 가능성도 있다.

하지만 그럼에도 소미는 시작해본다. 바늘이 바쁘게 실
을 감아 한발짝씩 나아가기 시작했다. 이번에 도달한 목
적지는 전보다 근사한 곳이라는 걸, 엉키거나 후퇴하더라

도 결국은 무사히 어딘가에, 어떤 상태에 도달하리라는 것을, 실과 바늘의 작은 전진을 보며 소미는 확신했다.

일그러진 얼굴로, 앞으로 앞으로

선우은실

얼굴과 얼굴

위악적으로 살아가지 않는 것이 더 어려운 세상이다. 남과 나를 너무 미워하지 않고 자신이 하고 싶은 것을 좇고 조금 좌절하고 적당히 투쟁하고 때때로 타협하며 살아가는 삶. 지극히 현실적인 삶의 형태인 것 같지만 이상과 현실, 기쁨과 슬픔, 환희와 좌절 사이에서 적절한 균형을 이루는 일은 좀체 허용되지 않는다. 그런 까닭에 이상을 좇고자 하면 허황되거나 이기적인 사람으로 치부되어버리기 십상이고, 좌절을 무기 삼아 이상에 도달하지 못함을 합리화하지 않을 도리가 없다.

여러번 균형이 무너지는 삶의 자장 속에서 어떤 계급의 얼굴은 점점 다양해지고, 삶의 균형이 결코 무너지지도 흔들리지도 않는 삶의 반경 속에서 어떤 계급의 얼굴은 점점 단일해진다. 그런 가운데 노동과 삶, 계급이 한데 엮여 돌아가는 세계에서 노동자와 자본가로 나뉘었던 계급의 구조가 최근 더욱 세분화된 층위를 가짐에 따라 어떤 개인에게는 특정 계급의 얼굴에 자신을 일관되게 투사하는 것조차 허락되지 않는다. 무산계급과 유산계급의 구조는 더욱더 공고해져가는데, 그 어느 쪽에도 속하지 못하고 정처 없이 떠도는 유동적 계급의 얼굴은 그런 만큼 복잡하다. 정의롭지만은 않고 치졸하지만도 않으며 늘 우직하지도 않다. 때로 간교하고 우울하며 또 엄숙하고 바른 표정을 짓는다.

이번 손원평의 소설집이 주목하는 바도 바로 여기에 있다. 노동자는 어떤 얼굴로 어떤 표정을 짓는가? 노동자, 특히 청년 노동자의 현실에 대해 손원평은 익히 그 문제의식을 드러낸 바 있다. 장편소설 『서른의 반격』(은행나무 2017)은 오늘날 청년 노동자가 한 사람의 몫을 다하며 살아가고자 함에도 공고한 계급 구조에 의해 손쉽게 그 의지가 꺾이는 현실에 주목했다. 청년 노동자는 자신이 원하는 일을 안정적으로 하며 살아가기를 갈구한다. 하지만 세상은 그러한 노동자를 착취하고, 대부분은 그런 현실에

적응하며 나이 들어간다. 하지만 소설은 현실 앞에 무릎 꿇지 않았다. 소설은 말 그대로 '계란으로 바위 치기'와 다름없을지라도 소소한 '혁명'을 실천한다. 인물들은 부조리한 현실에 약한 반향을 일으킨다. 무엇보다 같은 문제의식을 가진 사람들끼리 연대하고 갈등한다. 이러한 행위를 통해 착취적 계급 구조를 돌파해가는 혁명이 깔끔하게 '완수'되었다고 할 수는 없겠으나 그것이 오히려 현실 감각을 완전히 비껴가지 않은 소설의 태도일 것이다. 소설은 노동자로서의 갈등, 연대와 이해, 불통을 통해 우리가 어떤 삶을 지향해야 하고 또 할 수 있는지에 관한 명랑한 상상력을 보여주었다.

이번 소설집에서 강조되는 현실의 모습과 그에 대한 대응의 태도는 기존 작품과 맥을 같이하면서도 사뭇 다르다. 이번 소설에서는 '그럼에도' 이 현실을 돌파해가고자 하는 청년 노동자의 다면적 표정이 더욱 두드러진다. 삶과 안정, 성취를 갈구하는 노동자는 그저 참하기만 하지 않다. 그들은 돈이 전부가 아니라는 것을 알면서도 '돈'이라는 현실의 무게 앞에 무릎 꿇는다. 자본의 논리 안에 편입되기를 주저하지 않으며 그러한 논리를 기준으로 자신과 타인을 서슴없이 재단하기도 한다.

「당신의 손끝」의 주인공인 효원은 상류층이 모여 사는 세난동에 위치한 프리미엄 컬처센터에서 미술 강사로 일한다. 일종의 '고급 취미'를 누리고자 이 센터를 오가는 주영과의 관계가 순탄한 덕에 꾸준히 강의를 이어가던 효원은 문득 자신이 오래전부터 마음에 두었던 꿈을 실현하기로 결정한다. 바로 자신의 화실을 따로 내는 것이다. 센터의 충성도 높은 회원 일부를 포함한 잠재 고객 몇을 개인 화실로 유치할 수 있을 거라는 약간의 희망을 가지고 효원은 무리하여 센터 근처의 낡은 건물에 화실을 꾸린다.

고급 취미이자 상류층의 교양 활동으로 센터의 미술 강의를 수강하는 주영 같은 고객을 개인 화실로 유도하려는 효원의 희망은 어쩌면 도를 넘거나 사치스러운 것일지도 모른다. 그러나 그것이 얼마나 '윤리적'인지 궁구하기도 전에 효원은 위기를 맞는다. 잠재 고객을 성공적으로 유인하는 데 실패하고, 효원은 상류층 고객을 상대하던 강의처를 잃는다. 남은 것은 낡은 화실뿐이다. 믿었던 고객인 주영은 왜인지 자신에게 냉담하다. 그뿐인가. 효원이 계약한 화실은 보증금이 없는 대신 시세보다 훨씬 높은 월세를 지불해야 했는데, 충성도 높은 고객을 데려오는 데에 실패한 탓에 곧 화실 유지 또한 실패하는 '실패의 연쇄'를 이루고야 만다.

한데 이 소설에서 주목해야 할 것은 효원이 왜 주영이라는 잠재 고객의 유치에 실패했는가보다 왜 어떤 이의 꿈은 이루어지고 어떤 이의 이상은 붕괴되는가 하는 점이다.

"이 시간에 이렇게 그림 그리는 게 너무 좋아요. 어렸을 때 그림 그리고 싶었거든요. 힘들어진다고 부모님이 못 하게 했는데, 이 나이 되도록 그게 설움으로 남았나봐."

효원은 그림을 그린다는 게 영원히 취미로 남을 수 있다는 사실이 부러웠다. (…) 예술을 전공한다는 게 한없이 비참해질 수 있는 지름길이라는 걸 그땐 몰랐다. 달리 말하면 알고 있었지만 자신만큼은 그 노선을 걷지 않을 거라는 확신이 있었다. (12~13면)

울다시피 소리치는 할아버지의 목소리에 효원은 아득해졌다. 자기도 모르게 누군가의 미래를 빼앗아버린 현실이 참혹했다. 사람들은 어떻게 연결돼 있는 걸까.

우정이라고 생각했던 건 허약하디허약한 계약관계일 뿐이었다. 한푼의 납입이라도 채워지지 않으면 그 어떤 연결점도 없이 종료돼버리는 사이를 뭐라 칭해야 할까. 하긴, 자신이라고 달랐을까. 회원이 1분을 빨리 오면 1분을 칼같이 빨리 끝내기 위해 인사말까지 서두르던 효원이었다. 단 1초도 '마음'이라는 공허한 환상을 위해 쓰지 않은 건 효원도 마찬가지였다. (34~35면)

주영은 효원의 강의를 들으며 자신의 오랜 꿈을 이뤘다. 한갓진 낮 시간에 노동하지 않고 어렸을 적 바라 마지않았던 그림을 그리는 일. 그녀가 그러한 꿈을 이루는 데 세난동에 거주할 만큼 경제력이 뒷받침되었다는 사실을 무시하기 어렵다. 한편 효원의 입장은 어떠한가. 무리해서 자신이 바랐던 화실을 차렸지만 약속한 월세금조차 치르지 못하게 되었다. 주영과 달리 효원은 왜 이상에 도달하지 못했는가? 일단은 월세를 치를 만큼의 돈이 없어서다. 그뿐인가. 보증금 없이 월세를 제3자의 통장으로 이체하는 조건으로 계약했던 화실을 정리하려는 시점에 그녀가 마주한 현실은 자신 때문에 망가진 다른 이의 삶이다. 노인은 손자의 야구 과외를 위해 그러한 조건을 내걸었던 것인데, 효원이 계약을 이행하지 않아 망연자실한다. 그는 이렇게 책망한다. "그애 꿈은 오직 당신 손끝에 달려 있는데!"(34면) 할아버지와 그의 손자가 이상에 도달하지 못한 것 역시 돈 때문이다. 그렇다면 이상의 도달 여부는 결국 '돈'에 달린 것인가.

어쩌면 그럴 것이다. 돈이 있었다면 효원은 무리한 계약을 하지 않거나 했더라도 이행했을 것이며, 그에 따라 할아버지의 손자는 자신이 꿈꾸는 미래로 차근차근 나아갈 수 있었을 것이다. 그러나 주영은 수강 취소의 요인을 이렇게 지목한다. 강사의 한벌 뿐인 촌스러운 니트나 퀴퀴한 공간 냄새를 가리려는 독한 디퓨저와 같은 여러 계급적인 요소와 더불어 1분 늦은 것조차 양해해주지 않는 계산적 태도에 있다고. 물론 주영은 이 모든 관계에 구속력을 행사할 수 있는 위치에 있다. "그 오랜 시간 동안, 얼마를 갖다 바쳤는데."(32면) 운운한 것을 보면 '1분의 관계'라는 것이 정말로 주영에게 계약 해지의 결정적 요인은 아닐 것이다. 다만 이 후기를 우연찮게 듣게 된 효원이 그 점을 성찰의 요인으로 삼는다는 점이 중요하다. 이 소설 어느 무렵부터 효원은 자신이 처한 계급적 현실과 무관하게, 아니 어쩌면 그 계급적 현실에 완전히 순응하여

자본가의 관점으로 자신의 삶을 사유하기 시작한다. 주영의 심기를 거슬렀을까 걱정하고, 그녀의 환심을 사기 위해 노력한다. 그렇게 해야만 자신이 경제적 여유를 누릴 수 있다는 듯이 말이다. 그렇게 살고자 한 것이 아니었음에도 어느새 주영의 비위를 맞추는 데 혈안이 되어 이율배반적인 형식으로 살아가던 효원이 정신을 번쩍 차리는 시점은 이 일이 모두 어그러지고 나서다. 이것이 주영의 손끝이 아닌 효원의 손끝에서 비롯된 문제이기도 하다는 사실을 비추며 끝나는 결말은, 계급적 얼굴의 다면성을 돌아본 '그다음'을 암시한다.

전형성과 비전형성

때때로 노동자는 기꺼이 자본의 논리에 종속되고자 한다. 그러나 동시에 그는 깨어날 여지를 완전히 버리지 않는 가능성을 가지고 있기도 하다. 이와 같은 입체성을 두고 우리가 주목해야 하는 것은 무엇일까. 계급 구조와 자본에 종속되어버린 노동계급에 대한 절망만은 아닐 것이다. 복잡하고 우울한 재현에서 전형적으로 정의로움을 담당했던 계급이 어떠한 다양한 표정을 지니고 있는지, 왜 그럴 수밖에 없는지 현실의 문제를 환기하는 것이 지금 우리 문학에 주어진 과제는 아닌가.

우리는 부지불식간에 노동자계급의 얼굴을 전형적으로 사유하곤 하나, 어떤 '기대'와는 달리 그들은 훨씬 다채로운 표정을 짓는다. 문제는 계급적 구조를 혁파해야 한다는 모종의 책임감을 걸머진 이들에게 그러한 다채로움이란 때때로 현실과의 타협, 혹은 사상의 자본화로 여겨져 비판을 피하기 어렵다는 데 있다. 하나 이 시점, '긱 경제'(Gig Economy)*로 인해 노동 자체가 분절되고, 코로나19 이후 노동계급 또한 내부적으로 파편화되거나 파행적일 수 있음을 확인하고, 기후위기와 돌봄의 문제가 만연한 현실을 우리는 마주하고 있다. '같은 계급'이라는 일련의 연대 의식을 갖추기 어려운 오늘날의 상황에서 우리가 어떤 표정을 짓고 있는지 성찰해야 할 때를 맞고 있다는 의미이기도 하다. '노동계급' 또는 피착취계급이 악인화되고 비뚤어지고 손상되는 과정에서 짓는 비뚜름한 웃음, 일그러진 얼굴은 오늘날 우리의 얼굴을 되비추고

---

* 단기·건별 노동이 중심이 되는 경제.

있음에 더욱 주목할 가치가 있다.

'전형성'을 중심으로 이번 소설집을 볼 때 특징적인 것은 노동자의 얼굴이 매우 다채로운 데 비해 상류계급의 얼굴이 일률적이라는 데 있다. 앞서「당신의 손끝」속 주영이 자신이 속한 계급의 전형을 거의 벗어나지 않거니와「태양 아래 반짝이는」에 등장하는 인물 역시 그러하다. 고급 호텔의 노동자와 숙박객이라는 양극단에 놓인 두 계급적 인물의 희극을 그린 이 작품에서, 고급 호텔에서 일하면서 그러한 현실에 순응하는 '나'와 돈 많은 유부남의 애인으로 살아가면서 삶이 따분하기 그지없어 가족 흉내를 내고 싶어하는 여자가 지닌 표정의 스펙트럼은 꽤나 다르다. '나'는 자신과 호텔 숙박객 사이에 놓인 지위의 격차를 가늠하며 자신이 극복할 수 없을 계급적 현실에 매몰되다가도, 같은 아르바이트생과 규정을 위반하고 일탈을 저지르는 뻔뻔함을 보인다. 그런가 하면 더 과감하게 숙박객과 빈 객실을 돌아다니며 체액과 체취를 남기고 투숙객과 같은 삶을 살 수 있을 거라는 허황된 꿈을 꾸기도 한다. '나'는 그녀가 재혼 생활에 지루해하는 사람이 아니라 '호텔에 함께 온 가족'을 연기할 뿐인 내연녀였다는 사실이 밝혀지는 순간에 이르러 자신의 상심을 여자에게 이해받을 수 있을 거라는 계급적 착시마저 겪는 다채로운 인물이다. 그런 한편 서사의 반전에 이르는 순간조차 여성이 연기하는 상류층의 제스처는 일관된다. 그녀는 자신이 내연녀라는 사실을 들키자 수치스러워하면서도 "재밌네요. 당신이 감히 실망할 처지가 된다고 생각한다는 게."(62면) 따위의 말을 교양 넘치게 읊조리며 상류계급의 전형을 연기한다.

노동계급은 다양한 표정을 내면화하고 다양한 착시를 경험하지만, 상류계급은 시종일관 교양 있는 표정을 유지하는 소설적 재현. 그것이 정당한가보다는 왜 그렇게 해야만 했느냐는 물음이 우선되어야 한다. 「태양 아래 반짝이는」에 이어 「모자이크」를 겹쳐 볼 때 이 질문은 한층 진지하게 다뤄진다. 한 출연자가 방송사 피디를 청자로 두고 독백하는 형식으로 쓰인 「모자이크」는 철저히 인물의 관점에서 이야기를 전개한다. 인물은 일찍이 가족의 도움은 기대할 수도 없는 배경에서 성장해 고시원에서 살아간다. 초밥을 사 먹는 일조차 일상의 한 부분으로 상상하기 어려운 조건을 가진 인물은 문득 비참한 자신에게서 아름답고 특별한 것을 찾기 시작한다. "내용보다 중요한 건 컨셉과 치장"(133면)이라는 것을 깨달은 인물은 자신이 가진 것 중 가장 아름다운 손과 발을 찍어 SNS에 올리기 시작했고 사람들의 주목을 끈다. 자신에게 특별한 관심을 보이는 사람과 대면하기로 결심한 그녀는 만남의 자리에서 크게 망신당한다. "어떻게 이렇게까지 다 가짜예요?"(143면)라고 묻는 그 앞에서 망연자실한 것도 잠시, 그녀는 그의 계정을 이 잡듯이 뒤져 그의 사업장을 알아내고 악의적 리뷰를 달아 기어코 폐업하게 만드는 데 일조한다.

그 사달이 나는 동안 저는 뭘 했느냐구요? 그냥 방에서 며칠 쉬었어요. 빵을 먹으면서 고요한 음악을 틀어놓고 아주 평온하게 쉬었답니다. 얼마 후에 결국 가게 문을 닫더라고요. 솔직히 좀 놀랍긴 했어요. 그 정도까지 예상한 건 아니었는데, 이게 진짜 되네, 싶으면서 아, 뭐라고 해야 되지⋯⋯ 죄송해요, 그냥 솔직히 말할게요. 그 남자 가게 망한 걸 알게 된 순간 말이에요, 미칠 듯이 짜릿하더라고요. (⋯) 근데 내가 먼저 그런 거 아니잖아요. 나만 하는 뭐, 대단히 엽기적인 짓도 아니잖아요. (⋯) 이런 일로 제가 악마면 이 세상은 벌써 지옥이게요? 지극히 현실적이고 평범한 일을, 남들 다 하는

대로 처리했을 뿐이라고 생각해주세요. (148~49면)

사회적 약자였던 그녀는 현대사회의 명령을 좇아 자신을 포장하고 편집해서 환심을 샀다. 그런 식으로 살아가며 자기충족감을 느끼는 한편, 자기 자신이 아닌 것을 연기하며 살아가고 있다는 사실에 분열적 감각을 동시에 느낀다. 그러다가 자신의 분열을 감당치 못하게 만든 사람을 응징하는 지위에까지 오른다. 남자의 의도가 불순했고 분열된 자아를 간신히 붙잡아가던 여자를 망신 주고 망가뜨린 남자의 죄가 무겁다는 사실과 별개로, 삶을 전멸시키는 행위에 모욕감을 느낀 여자가 같은 방식으로 남을 응징하고 그것에 '정당성'을 부여하면서 끊임없이 자기 내부에 생기는 균열을 틀어막는 풍경을 보라. 이러한 인물을 그저 약자와 강자의 논리 안에서, 노동계급과 자본가계급의 구도 속에서, 정의롭고 의로워야 하는 빈자와 사악하고 간사한 배부른 부자의 대립 안에서만 볼 수 있는가? 그렇게만 바라볼 수 없다는 사실은 무엇을 의미하는가. 이토록 다면적이고 이율배반적이고 전형을 벗어난 노동계급의 일그러진 얼굴은, 외려 교양 있는 말투를 구사하며 스스로의 퇴락한 치부가 노출되는 시점에까지 점잖을 떠는 계급적 전형, 즉 조금 덜 상상된 계급의 모습과 대비될 때 극명한 대비를 이룬다. 어떤 면에서는 다양한 표정을 지을 줄 안다는 사실은 삶에서의 부조리를 자주 겪는 이들의 얼굴에 걸리는 과제 같은 것일지도 모른다.

어른과 아이

노동계급의 일그러진 얼굴을 통해 점점 더 위태로워지는 개인, 모순된 결점을 끝없이 내부적으로 생산해야만 하는 개인, 그런 개인을 재생산하는 기묘한 착취 구조에 주목하는 것으로 소설은 소임을 다하는가. 실천 가능성에 방점을 찍는 대신 현실을 초월하여 기어이 가닿고자 하는 이상에 손 뻗는 상상력이야말로 손원평이 가지고 있는 리얼리즘적 감각이라 할진대 그 건너편에 있는 지향점에 주목해야 하겠다. 비록 우울할지라도 착취적 현실에 발 딛고 서 그 너머로 도약하려는 미래지향적 태도는 이번 소설집에서 특히 '아이'와 함께 그려진다. 앞서 「태양 아래 반짝이는」에서 '나'가 자신의 현실을 잠시 잊고 '다른 이상'이라 이름 붙인 허상에 사로잡혔다가 곧바로 현실의 감각으로 되돌아오게 한 것은 여자를 엄마라 부르지 못하고 우물대던 아이 '준'이었다. 자신을 속이는 거짓된 감각에 완전히 물들지 못한 채 파랗게 질려버린 아이의 표정은, 노동계급 청년들이 자신의 삶을 마주하면서 울고 웃다가 비겁해지기도 비참해지기도 무표정하기도 찡그리기도 하는 표정과 닮았다. 어떤 마음, 진심, 진실의 쪽에 조금이라도 가까이 있는 사람의 얼굴은 그야말로 우아한 표정과는 거리가 먼 법이다.

소설 속 아이는 미래를 이끈다. 청년 인물들은 아이의 손을 잡고 이 지긋지긋한 삶을 지속하고 또 건너가려고 한다. 아이답지 않게 약은 티를 낼 줄 아는 '준용'과 함께 피아노를 이고 지고 다음의 삶으로 건너가려는 「피아노」의 혜심이 그렇고, 모두 망해 죽어버렸으면 하는 마음으로 하루하루를 살아가다가도 생존하는 삶을 이어나가고자 자신에게 추가 노동으로서 짐 지워진 아이의 손을 잡고 홍수로 가라앉은 도시를 바라보는 「조망」의 수하가 그렇다.

아이의 손을 잡고 '다시 시작'을 도모하는 두 작품은 소설적 설정의 측면에서는 대비되는 요소가 적지 않다. 공부방을 잘 운영하려고 노력했으나 재정난으로 문을 닫게 된「피아노」의 혜심이 살아가는 시공간은 오늘날 우리의 현실과 무척 닮아 있고, 홍수로 수몰된 지역의 유일한 생존자가 되어 살아가는「조망」의 수하의 현실은 사뭇 상상된 디스토피아에 가깝다. 또한 생존 너머 자기실현의 한 부분으로 생업을 실천하려 했던 혜심이 느끼는 우울이 초계급적 의지에서 비롯되는 것과 달리, 수몰 지역에서의 생업이란 곧 생존과 다르지 않음을 절감하는 수하의 우울감은 지극히 계급적인 토대 위에서 비롯된다.

그럼에도 두 소설은 다양한 방식으로 피폐해지는 현실에서 어디를 지향해야 할 것인지를 묻는다는 점에서 닮아 있다. 어느 날부터 공부방 비용을 내지 않는 부모 때문에 골칫거리가 되어버린, 그러나 공부방에 다니고 싶어하는 준용은 혜심이 한때 소중히 여겼던 공부방의 오랜 정물인 피아노를 내다버렸다가 다시 주워 오게 하는 아이다. "아이들에겐 지겨울 정도로 꿋꿋한 구석"이 있고 "바로 그 점이 아이들이 사랑스럽기도 지긋지긋하기도 한 이유"라는 것을 혜심에게 다시 일깨운 존재가 "마음이 돈으로 환산될 수 있다는 걸"(92면) 아직은 모르는 준용임을 다시 보자. 남의 손에 잠시 맡겨졌다가 영영 부모를 잃게 된 아이 앞에서 수하는 "걱정 마. 고민하지 않아도 계속 흘러

가. 그냥 살아져."(181면)라고 응답한다. 살아진다는 것을
새삼스레 환기하는 존재가 아이였음을, 다시 보자.

현실의 부조리 앞에서 마음이 상할 때, 정의롭다고 믿
어왔던 것이 폭삭 주저앉을 때, 지향하던 것이 헛것처럼
흩어져버리는 삶의 길목을 맞닥뜨릴 때마다 우리의 표정
은 얼마나 다양해지는가. 얼마나 다양하게 슬퍼하고 다양
하게 무지했으며 다양하게 간사하고 다양하게 절망했는
가. 그러나 그 끝에 그 이후의 삶이 계속 지속되리라는 점
을 잊지 않는 '다른 표정'으로의 지향을, 손원평의 소설을
거쳐 다시 보자.

鮮于銀實 | 문학평론가

나쁜 의도는 없었습니다,라는 말은 어딘가 익숙하다. 이 문장은 무표정하게 안경을 고쳐 쓰고 상대를 정면으로 응시하고는 말을 마치자마자 곧바로 일어서는 사람을 떠올리게 한다. 그는 자신을 방어하거나 상황을 무마하기 위해, 혹은 어쩔 수 없었음을 알리기 위해 그 말을 꺼냈을 것이다.

이 말을 들은 사람은 오래도록 자리에 앉아 있다가 천천히 몸을 일으킨다. 이미 주어진 결과에 자신이 어떠한 변화도 꾀할 수 없음을 알아차린 후다.

해치려 한 것은 아니었을지라도 우리는 타인에게 아픔을 새긴다. 밀려나 침묵 속에 남겨지기도 한다. '개인은 온전히 자유롭고 도약할 수 있는 존재'라는 후기 자본주의의 달콤한 전제 안에서, 단순히 가해와 피해의 잣대로 판가름할 수 없는 미묘한 상황을 직면하며 우리는 끊임없이 출렁댄다. 그리고 종종 우리가 겪는 복잡한 감정의 원인제공자를 찾는 데 실패하고 만다. 세계는 좀처럼 제 전부를 드러내지 않은 채 굴러가고, 똑같이 나약한 한명 한명의 개인이 죄책감과 상처를 공평히 떠안기 때문이다. 나쁜 의도는 없었습니다,라는 말은 사회가 개인에게 뒤집어씌운 일들의 틈새에서 새어 나온다.

이 문장은 사과가 아니며 변명도 아니다. 잘못의 인정이라 보기도 어렵고 손상된 상대에 대한 위로로 해석되지도 않는다. 그보다는, 어떠한 낙오에 기여했지만 그 일은 철저히 세상의 작동원리에 의해 이루어졌다는 전언에 가깝다. 이 말 앞에서 우리는 우리가 견고하고 변하지 않는 시스템에 의해 움직이고 있음을 깨닫는다. 책임은 희미해지고 세계는 아무 일도 없었다는 듯 돌아간다. 누구도 탓할 수 없고 세상은 원래 그렇다는 인식 속에, 우리는 버티는 수밖에 없다. 그러나 이상하게도 이 말을 뱉은 사람과 들은 사람 모두에게 미묘한 찜찜함이 남는다. 그러므로 이 책의 얼굴에 새겨진 문장은 어쩌면 이 시대를 대표하는 가장 영리하고도 교활한 언어 중 하나일지 모른다. 악인은 없지만 누구도 결백하지 않은 세계에서 필연적으로 뒤따르는 비릿한 씁쓸함이 산뜻하게 표백돼 예의 바른 존대어로 발화되고는 왜인지 계속 뇌리를 맴돈다.

　……*나쁜 의도는 없었습니다.*

　예리한 눈으로 원고를 살펴준 이주원 편집자와 항상 최상의 선택지를 주는 박지영 편집자, 해설을 보탠 선우은실 평론가에게 고마움을 전한다.

　이 소설집에는 타협하거나 스스로를 정당화하거나 미쳐버리거나 그럼에도 삶이 살아볼 만하다고 느끼는 사람들이 등장한다. 여러해에 걸쳐 쓰인 이야기들을 묶으며 새삼 작품에 등장하는 사람들의 표정을 하나하나 떠올려봤다. 타인에게 나쁜 의도가 없었다고 말할 수밖에 없는 이들, 혹은 그 말을 듣고 계속 살아내야 하는 사람들의 표정 말이다.

　이토록 빠르게 바뀌어가는 세상에서, 이 이야기들을 읽는 동안 잠시 걸음을 늦출 사람이 있을까. 혹은 고개를 들어 보이지 않는 어떤 곳을 잠시나마 응시할 사람이 있을지. 독자 중에 그런 사람이 있다면 이 책에 실린 사람들의 표정 역시 어둡지만은 않을 것이라 믿어본다.

우리는 어떤 말들로 스스로를 설득하며 살아가고 있을까. 그 말들이 누군가의 하루를 어떻게 건드리는지 한번쯤 돌아보게 된다면, 만약 이 이야기들이 그런 시간을 잠깐이라도 만들어낸다면, 이 책은 책이 할 수 있는 최선의 일을 해낸 셈이 될 것이다.

2026년 3월

손원평

| 수록작품 발표지면 |

당신의 손끝 ······ 『믿을 구석』(서울국제도서전 리미티드 에디션 2025)

태양 아래 반짝이는 ······ 『문학동네』 2022년 여름호

피아노 ······ 『인성에 비해 잘 풀린 사람』(문학동네 2024)

그 아이 ······ 『소설, 한국을 말하다』(은행나무 2024)

익명의 마왕으로부터 ······ 『언유주얼』 2019년 10월

유령의 집 ······ 웹진 대산문화 2025년 여름호(발표 당시 제목 '또
            다른 고향')

모자이크 ······ 『관종이란 말이 좀 그렇죠』(은행나무 2022)

조망 ······ 문장 웹진 2025년 12월

통행증은 마스크 ······ 『굿닛』(서울국제도서전 리미티드 에디션 2021)

딸과 깍 사이 ······ 매거진창비 2026년 2월